日记背后的历史

在印象派画家身旁
波丽娜日记(1873-1874年)

〔法〕克拉拉·布洛 著 郭斯嘉 译

人民文学出版社
PEOPLE'S LITERATURE PUBLISHING HOUSE

著作权合同登记号　图字 01-2016-3672

Du Côté des Impressionnistes
© Gallimard Jeunesse，2010

图书在版编目(CIP)数据

在印象派画家身旁：波丽娜日记／（法）布洛著；郭斯嘉译.—北京：人民文学出版社，2016
（日记背后的历史）
ISBN 978-7-02-011642-3

Ⅰ.①在… Ⅱ.①布… ②郭… Ⅲ.①儿童文学-中篇小说-法国-现代 Ⅳ.①I565.84

中国版本图书馆 CIP 数据核字(2016)第 095706 号

责任编辑：朱卫净　尚　飞
装帧设计：李　佳

出版发行	人民文学出版社
社　址	北京市朝内大街 166 号
邮政编码	100705
网　址	http://www.rw-cn.com
印　刷	山东德州新华印务有限责任公司
经　销	全国新华书店等
开　本	850 毫米×1168 毫米　1/32
印　张	4.75
字　数	67 千字
版　次	2016 年 6 月北京第 1 版
印　次	2016 年 6 月第 1 次印刷
书　号	978-7-02-011642-3
定　价	20.00 元

如有印装质量问题，请与本社图书销售中心调换。电话：010－65233595

序

老少咸宜，多多益善
——读《日记背后的历史》丛书有感

钱理群

这是一套"童书"；但在我的感觉里，这又不止是童书，因为我这七十多岁的老爷爷就读得津津有味，不亦乐乎。这两天我在读"丛书"中的两本《王室的逃亡》和《米内迈斯，法老的探险家》时，就有一种既熟悉又陌生的奇异感觉。作品所写的法国大革命，是我在中学、大学读书时就知道的，埃及的法老也是早有耳闻；但这一次阅读却由抽象空洞的"知识"变成了似乎是亲历的具体"感受"：我仿佛和法国的外省女孩露易丝一起挤在巴黎小酒店里，听那些

1

平日谁也不注意的老爹、小伙、姑娘慷慨激昂地议论国事，"眼里闪着奇怪的光芒"，举杯高喊："现在的国王不能再随心所欲地把人关进大牢里去了，这个时代结束了！"齐声狂歌："啊，一切都会好的，会好的，会好的……"我的心都要跳出来了！我又突然置身于3500年前的神奇的"彭特之地"，和出身平民的法老的伴侣、十岁男孩米内迈斯一块儿，突然遭遇珍禽怪兽，紧张得屏住了呼吸……这样的似真似假的生命体验实在太棒了！本来，自由穿越时间隧道，和远古、异域的人神交，这是人的天然本性，是不受年龄限制的；这套童书充分满足了人性的这一精神欲求，就做到了老少咸宜。在我看来，这就是其魅力所在。

而且它还提供了一种阅读方式：建议家长——爷爷、奶奶、爸爸、妈妈们，自己先读书，读出意思、味道，再和孩子一起阅读，交流。这样的两代人、三代人的"共读"，不仅是引导孩子读书的最佳途径，而且还营造了全家人围绕书进行心灵对话的最好环境和氛围。这样的共读，长期坚持下来，成为习惯，变成家庭生活方式，就自然形成了"精神家园"。这对孩子的健全成长，以至家长自身的精神健康，家庭的和睦，都是至关重要的。——这或许是出版这一套及其他类似的童书的更深层次的意义所在。

我也就由此想到了与童书的写作、翻译和出版相关的一些问题。

所谓"童书"，顾名思义，就是给儿童阅读的书。这里，就有两个问题：一是如何认识"儿童"，二是我们需要怎样的"童书"。

首先要自问：我们真的懂得儿童了吗？这是近一百年前"五四"那一代人鲁迅、周作人他们就提出过的问题。他们批评成年人不是把孩子看成是"缩小的成人"（鲁迅：《我们现在怎样做父亲》），就是视之为"小猫、小狗"，不承认"儿童在生理上心理上，虽然和大人有点不同，但他仍是完全的个人，有他自己的内外两面的生活。儿童期的十几年的生活，一面固然是成人生活的预备，但一面也自有独立的意义和价值"（周作人：《儿童的文学》）。

正因为不认识、不承认儿童作为"完全的个人"的生理、心理上的"独立性"，我们在儿童教育，包括童书的编写上，就经常犯两个错误：一是把成年人的思想、阅读习惯强加于儿童，完全不顾他们的精神需求与接受能力，进行成年人的说教；二是无视儿童精神需求的丰富性与向上性，低估儿童的智力水平，一味"装小"，卖弄"幼稚"。这样的或拔高，或矮化，都会倒了孩子阅读的胃口，这就是许多孩子不爱上学，不喜欢读所谓"童书"的重要原因：在孩子们看来，这都是"大人们的童书"，与他们无关，是自己不需要、无兴趣的。

那么，我们是不是又可以"一切以儿童的兴趣"为转移呢？这里，也有两个问题。一是把儿童的兴趣看得过分狭窄，在一些老师和童书的作者、出版者眼里，儿童就是喜欢童话，魔幻小说，把童书限制在几种文类、有数题材上，结果是作茧自缚。其二，我们不能把对儿童独立性的尊重简单地变成"儿童中心主义"，而忽视了成年人的"引导"作用，放弃"教育"的责任——当然，这样的教育和引导，又必须从儿童自身的特点出发，尊重与发挥儿童的自主性。就以这一套讲述历史文化的丛书《日记背后的历史》而言，尽管如前所说，它从根本上是符合人性本身的精神需求的，但这样的需求，在儿童那里，却未必是自发的兴趣，而必须有引导。历史教育应该是孩子们的素质教育不可缺失的部分，我们需要这样的让孩子走近历史、开阔视野的人文历史知识方面的读物。而这套书编写的最大特点，是通过一个个少年的日记让小读者亲历一个历史事件发生的前后，引导小读者进入历史名人的生活——如《王室的逃亡》里的法国大革命和路易十六国王、王后；《米内迈斯：法老的探险家》里的彭特之地的探险和国王图特摩斯，连小主人翁米内迈斯也是实有的历史人物。每本书讲述的都是"日记背后的历史"，日记和故事是虚构的，但故事发生的历史背景和史实细节却是真实的，这样的文学与历史的结合，故事真实感与历史真实性的结合，是极有创造性的。它巧妙地将引导孩子进入历史的教育目的与孩子的兴趣、可接受性结合起来，儿童读者自会通过这样的讲述世界历史的文学故事，从小就获得一种历史感和世界视野，这就为孩子一生的成长奠定了一个坚实、阔大的基础，在全球化的时代，这是一个人的不可或缺的精神素质，其意义与影响是深远的。我们如果因为这样的教育似乎与应试无关，而加以忽略，那将是短见的。

这又涉及一个问题：我们需要怎样的童书？前不久读到儿童文学评论家刘绪源先生的一篇文章，他提出要将"商业童书"与"儿童文学中的顶尖艺术品"作一个区分（《中国童书真的"大胜"了吗？》，载2013年12月13日《文汇读书周报》），这是有道理的。或许还有一种"应试童书"。这里不准备对这三类童书作价值评价，但可以肯定的是，在中国当下社会与教育体制下，它们都有存在的必要，也就是说，如同整个社会文化应该是多元的，童书同样应该是多元的，以满足儿童与社会的多样需求。但我想要强调的是，鉴于许多人都把应试童书和商业童书看作是童书的全部，今天提出艺术品童书的意义，为其呼吁与鼓吹，是必要与及时的。这背后是有一个理念的：一切要着眼于孩子一生的长远、全面、健康的发展。

因此，我要说，《日记背后的历史》这样的历史文化丛书，多多益善！

2013年2月15—16日

万分感谢阿让特伊博物馆的奥利维耶·米耀、塞西尔·巴维耶尔，感谢他们对我的热情接待与帮助。感谢西尔维·帕登仔细校阅了本书。最后要感谢欧若拉·布洛-格拉玛提科夫和雅克·布洛向我提出的宝贵建议，还要谢谢克里希亚·洛基斯基对我的信任与无限耐心！

1873年12月12日

我不懂绘画。不过,我仍然试着按照利奥波德说的方法画画。不行。我肯定没这天分。我花了好几天的时间想要把一个苹果、一个梨、有时候是一个西葫芦画下来,可我做不到。

今晚,我拿着小本子,又坐到厨房里的桌子边上。丹妮丝在配餐间台子上专门帮我摆了一筐水果,我想要照着样子画幅速写(人们都这么说,我也很喜欢这个词)。可我根本不知道该从哪儿入手、该怎么画。丹妮丝现在是我们的厨娘,以前她是我的奶妈,再之前,她是我哥哥埃德蒙的奶妈。

我发现她看我画画时尽量忍住不笑。我画画的样子一定很好笑吧,双唇抵紧,一言不发……

12月13日

草图本非常漂亮，它的封面是皮质的，当中每一页纸都纹理清晰、富有质感。我可不可以用它来写日记呢？这样，它对我来说就是有用的了，而且每次打开它的时候我就会想到利奥波德。

利奥波德是哥哥最要好的朋友。埃德蒙19岁，比我年长5岁。他们两个都把我当作小孩子，尽管我不情愿，可对此也毫无办法。不过，我发现这样也有一个好处：那就是我对他们来说是无足轻重的，因此我能在他们身边待很长时间，听他们聊天（主要谈艺术和政治）。

利奥波德长得非常俊美……要是我会画画，你就能看到他长什么样子了，可惜啊，亲爱的日记本，你就只能听我的描述了。我能告诉你的是，他有一头浓密的金发，天气潮湿的时候，金发会有点鬈。他比埃德蒙矮一点，脸上蓄着一点点胡须，脖子上总是系着漂亮的围巾。他的眼珠是灰色的，有点淡淡的杏仁色，鼻子精巧，声音低沉而有磁性……

利奥波德在学美术。这草图本就是他送给我的，而他自己则忙着给哥哥画一幅速写（你看，我是多么喜欢说这个词啊）。这会不会表示他对我有兴趣，就像我对他有兴趣那样？我忍不住这样幻想。即便我心里明白，他之所以送这本本子给我就是为了堵住我的嘴让我不要发出声音，还有更糟的，那便是他连想都没想到就随便把本子给了我。

利奥波德想要为哥哥画一幅肖像画，因此他才来我们家待那么长时间。难道这只是一个借口？看到他画画的速度，我忍不住会这样想！

利奥波德画画的时候，我就在旁边看他画，尽可能悄悄地看。可我发现他根本没有注意到我时，不免抱怨道："我真想自己能和你画得一样好……"

当然，我故意大声说，以便让利奥波德知道我是多么欣赏他的才华。

"这不难，"他眼睛不离笔尖地回答我，"你只要多练习，就能获得让自己满意的结果了。"

"可我从来没有试过！"

"那么就从简单的事情开始吧，从一些静态的、不会扰乱你的物品开始，比如从画水果开始……"

接下来发生的事情你都知道啦，我很用心地去画，可结果却不尽如人意。妈妈总是说我不够有恒心。做刺绣也是如此，我很快就坚持不下去了。虽然我忍不住会抱怨，但是我每次都把刺绣绷子上的活给做完了。如果是读书的话，哪怕我不喜欢这本书，也会坚持读上百来页，之后就不读了，祝作者好运咯！

绘画就不同了，我觉得自己再怎么努力也画不好，最多能把常常练习的苹果、梨画好。可我很想画得更好，真的很想！

我本该躺下休息了，可我实在睡不着。我觉得埃德蒙肯定知道我不会用这本本子来画素描。刚才，大家以为我在写数学作业时，他吓了我一跳。他什么也没说，哥哥能对这类事情保守秘密。亲爱的日记本，我得找个地方把你藏好，不能让丹妮丝、埃德蒙，特别是妈妈发现你！

12月17日

若利的工厂出事了。丹妮丝赶忙过去，她心急如焚，到处打听受伤人员的情况。她平时总担心乔治有一天工作时会受工伤。

"这些工厂建在阿让特伊①以后，一直出这样那样的事儿。"妈妈用抱怨来掩饰担忧。

爸爸不同意她的说法。他说这些工厂不仅建造了很多桥梁，还促成巴黎中央市场的繁荣，这对我们市的发展是有益的。几年前，阿让特伊和塞纳河畔其他小镇一样毫不起眼。建造工厂之后，市里的人口增

---
① 法国城镇，位于瓦勒德瓦兹省。

加了3倍,火车路过时也会停这一站,只要22分钟,我们就可以到达巴黎新建的圣拉萨尔火车站了!

其实,当妈妈去巴黎看展览会、听音乐会或是到大商店里购物时,她都是第一个肯定这些进步的人。的确,出租马车的时代结束了!

然而,我必须得承认我的想法和妈妈一致。这些新兴工厂(不仅仅是指在若利的工厂,还有在克拉帕海德、莫雷尔的造船厂、轮胎充气车间)发出各种噪音,还会散发出一股恶臭味随风向四处飘散。正是因为这些工厂,我们现在没法再沿着河流旁边拖船的马车道散步了,而且照这样的速度发展下去,以后河边就只有烟囱了!

还有热浪!夏天,我们从工厂附近经过时都快热晕了!我当然明白这与工人们得忍受的高温根本不能相提并论,我只是想他们怎么能……

乔治是丹妮丝的儿子,他爸爸弗朗索瓦生前是我爸爸的马车夫。普鲁士战争期间,弗朗索瓦去世了,自此,乔治便到工厂里做工了。乔治以前上过学,他想进若利工厂工作，但不是去当工人，而是当工业绘图师或者建筑师。我爸爸一直鼓励他。他也认识若利家的男孩们，他们一起上课……只是，弗朗索瓦过世后，丹妮丝一蹶不振，乔治也就别无他选了。

我曾经问过他工作时候怎么抵御来自锻造炉的滚滚热浪，可他并不愿意跟我谈他的工作。不过我们之间没有秘密。乔治比我大两岁，他就像我的哥哥一样。小时候，乔治、埃德蒙和我三个人总在一块儿玩。

丹妮丝回来了。受伤的是乔治的工头，滚烫的铁水溅入他的一只眼睛里。爸爸陪他一块儿乘救护车去医院接受治疗。我爸爸是阿让特伊和附近地区最好的外科医生，这可是他的病人们说的！因为他和若利家很熟，所以每次工厂里有事儿都会来叫他。

爸爸还没有回来。我们没等他一起吃晚饭。我听到妈妈在楼下收拾，她总是边做事边等他。

12月22日

晚上，我从巴尔寄宿学校回到家时，听到丹妮丝在抱怨自己永远达不到妈妈的要求，没法为明天准备好一只塞栗子馅的烤鸡、黑松露汤、土豆泥、砂锅野味和英式圣诞蛋糕！每年过圣诞节的时候，丹妮丝都放假，因此她得提前做好准备……

她之前没听到我回来的脚步声（通常我从学校回来后就会进厨房来拿片面包吃），我想她现在看到我一定很尴尬，好像我要把她的话告诉妈妈一样！我知道，丹妮丝已经为我们家做了她力所能及的一切！

乔治从工厂回来就被丹妮丝喊去帮忙准备禽肉和野味。他耸了耸肩，当然啦，他肯定会去帮忙的。我觉得他有心事，也许是因为他的工头在事故中受伤了吧。

亲爱的日记本,我得离开你啦,我要和好朋友玛尔特一起练四手联弹,她应该已经到了,妈妈叫我了。

12月23日

我和玛尔特在一起很开心。我和她认识四年了,我们是寄宿学校里的同学。她和我一样每天晚上都回家住。和其他女生一样我们也说"寄宿学校",但其实我们是走读生,或者更准确地说是半寄宿生。也许就是因为这个共同点我们才成为朋友的吧。其他女孩晚上都待在一起,她们有时候周末也在一起,所以和我们走得就没那么近。不过,玛尔特刚来的时候,我并不喜欢她。我记得她那时老取笑我,可她自己有时候却对嬷嬷们很无礼(现在也是如此)。

直到发现我们两人的钢琴老师都是韦尔东小姐时,我们才开始说话。可以说,是韦尔东小姐把我们两个联系在一起的。她知道我们两个是认识的之后，便建议我们一起弹琴。今天，我承认自己那时并不热爱弹钢琴。玛尔特弹得没我好，可能她是为了让父母高兴才弹琴的。现在，我蛮喜欢钢琴的。我练习得不是很勤，但我很喜欢弹。

无论如何，多亏了韦尔东小姐，我和玛尔特才成了朋友。

昨天，我们本该练习一首舒伯特的曲子的，结果却变成我俩在一起说罗斯·格朗索的坏话了。玛尔特学她学得惟妙惟肖，特别是那种高高在上的样子。据说她妈妈是演员，住在巴黎。玛尔特的妈妈听说她妈妈其实是个"高级妓女"。我不太懂这个词的意思，晚餐时，我问爸爸妈妈，他们俩面色发青。之后哥哥忍不住笑出声来。妈妈的脸通红，爸爸神色凝重。

"我们能知道你是从哪里听来这个词的？"

"是玛尔特说的……好像是说我们班级一个同学的妈妈是……"

妈妈站起身来，打断我的话："你同学的妈妈做什么与你无关。我不喜欢对不认识的人说长道短。"

"可这是玛尔特的妈妈!"我反驳说。

"不要把你朋友的妈妈掺和进来。说错话可不能把错误推到别人身上,波丽娜!"

我没坚持,我明白我不会得到想要的答案。直到晚餐后我去问埃德蒙才弄清楚的。他狠狠地嘲笑了我一番(这是问他的代价),他想了一会,终于发善心告诉我说:"罗斯的妈妈,和其他很多跟她情况类似的女性一样,尽自己最大的努力对付这个不公平的世界。"

他飞快地走了,去忙我一窍不通的、属于他的秘密去了,而我对他所说的将信将疑。等到我从他房间出来时,我才发现我还是不懂什么是"妓女"……

1874年1月4日

新年快乐,我亲爱的日记本!这几天,没有一分钟是完全属于我自己的,所以请你能理解我最近没有勤写日记。我的祖父母来和我们一起过节,我们一会儿去表兄妹家转转,一会儿去看看朋友,一会儿一起出去走走,我的时间就这么没了!

1月5日

昨天晚上,我拿着刺绣绷子在会客室里耐心地绣花时,门铃响了。妈妈被吓了一跳,之后便去开门。她多少有点担心,每次有人突然造访,她就会想是不是埃德蒙做了什么蠢事儿(对了,我还没有告诉你圣诞节那天晚上他和爸爸吵起来的事情吧?),是不是有人得了急病需要爸爸出诊……对此,爸爸常常笑说她真是操心的命,而且从来都只会把事情往坏处想……

我也跟着妈妈去了。一位大胡子先生腼腆地站在门口。我没听见他姓什么。妈妈让我去书房把爸爸叫来。我和爸爸过来的时候看到他站在那儿等我们,神情有些不自然。妈妈没有请他进入会客室,这让他多少感到有点……

"莫奈①先生!我希望没什么坏消息吧?"

我很诧异,爸爸见到这位先生居然如此快活,显然,他不是爸爸的朋友(他稍微年轻了点,而且,爸爸的朋友们穿着都很讲究,他却有点不修边幅!)。

莫奈先生连忙说没什么坏消息,他有点尴尬地说自己是来还钱给爸爸的。我顿时明白了,他说去年他妻子和小儿子病了,所以当时手头没有足够的钱来付爸爸的诊疗费。

"我想您卖掉几幅画了吧?这位慷慨的收藏家叫什么名字?他买画后您就有钱把债务都清了。"

"就是我两年前在伦敦遇到的那位藏家。"

"著名的画商?"

我没继续听下去……看起来这位莫奈先生是位画家。也许利奥波德认识他?

---

① 克劳德·莫奈(1840—1926),法国画家,印象派代表人物和创始人之一。

妈妈看到爸爸和他的病人家属聊得这么开心（也许是因为刚才让他站在前厅等有点过意不去），就邀请画家和我们一起喝杯开胃酒。他也没过多推辞就答应了！

他在会客厅里还没走两步，就跑到窗前欣赏我们的花园。

"啊哈！艺术家的眼睛啊！"爸爸打趣地说。

"您的花园真漂亮，我真羡慕您……"

"其实这个季节的花园里没多少花草。"妈妈谦虚地说。

"您错了，维戈夫人，我猜左边的丁香花会缓缓落在长椅上，沿着墙壁的鸢尾花会让积雪的形状变得与众不同，等到春天的时候，园子里就更热闹了……我看不出那些树是什么果树，从树干来看应该是樱桃树吧？"

妈妈大吃一惊，呆呆地看着画家，显然，她之前并不把这位画家当回事儿，她觉得在植物方面他肯定没她知道得多！后来，她对画家说这一切都归功于女佣的儿子乔治。爸爸发现画家对花园的兴趣之后，便问他到春天的时候是否愿意来我们院子里画画。

"阿里斯提德斯！莫奈先生肯定是一直专心画画的！如果他想要画我们的花草，我们就把它们剪下来扎成一束花送给他吧！"

"您错了，夫人！在我眼里，采摘下来的花朵已不再美丽，它们已经没有生命了！相反，我更喜欢感受花草的摇摆，看到花丛、灌木丛随风而动！"

"您的意思是说您在室外作画？您没有画室吗？"

画家笑了。他向我可怜的妈妈（这个时候她的双颊真的是和夏日玫瑰一样绯红）解释说他和朋友们都习惯直接把画架放在大自然中。他们当然有画室，只不过他们最爱的还是在室外画画。莫奈先生自己还在一艘小船上建了一个全露天的画室呢！

大人们在说话的时候，我又拿起绣花绷子绣花了，但我得承认那天晚上我手上该绣的图案毫无进展，我一直在听他们说话。说实话，我那时并不觉得莫奈先生是个艺术家，他和利奥波德是那么的不同！

埃德蒙开完他的一个神秘会议后回来了，他是绝对不愿意告诉我是什么会议的。爸爸向他介绍我们的客人时，埃德蒙明显很激动（我看得很清楚，尽管他后来否认了）。于是我趁这个时候问我们的客人他是否认识皮埃尔·奥古斯特·科特[①]或者爱德华·迪比夫[②]。

画家朝我微微一笑（我可不喜欢这种微笑，感觉很有优越感似的）。

"我不认识他们本人，但我了解他们的作品。我们可以在画展、艺术院校里看到他们的作品。小姐，您喜欢他们的作品？"

"哦！对，我还很喜欢托马斯·库图尔[③]画的肖像画，非常细腻。"

日记本，我得向你承认自己说谎了吗？其实我是重复了利奥波德的一些话。看到爸爸和埃德蒙都流露出讥讽的目光（还有妈妈责备的眼光）时，我知道自己最好闭嘴。我想所有人、特别是我们的客人，都知道我其实对自己提到的绘画一无所知。也许是受爸爸

[①] 皮埃尔·奥古斯特·科特（1837—1883），法国画家。
[②] 爱德华·迪比夫（1819—1883），法国画家。
[③] 托马斯·库图尔（1815—1879），法国画家。

和埃德蒙的眼神的鼓励,莫奈继续说:"实话告诉您,我和我的朋友们试图去做的、我们所探索的绘画,正与您所说的绘画完全相反。对我们而言,这些艺术家只不过是在复制,我甚至可以说他们只是在笨拙地照着我们前人画的东西临摹。您能告诉我这样的绘画作品有什么意义呢?我并不是说我们所画的一定会成功,但至少,我们在探索,每天在学习、在实验。这难道不是艺术的含义吗?"

"你听懂了吗,波丽娜?"爸爸问我,好像我是一个什么都不懂的小傻瓜一样。

"懂了……先生,我很想看看您画的画。"

妈妈看了看钟摆。

"波丽娜,时候不早了……"

爸爸继续问我们的客人关于另一位也是画家的莫奈先生的事儿,我呢,则赶快收拾好我的绣花针线。

"啊!您说的是马奈[①]吧……我和他很熟,可以说他是我比较亲近的一个朋友。其实,现阶段我们和他

[①] 爱德华·马奈(1832—1883),法国画家,19世纪印象主义的奠基人之一。

有点冲突。之前我们一起创建了一个独立画家团体，爱德华·马奈当然也是创始人之一，但他现在却拒绝遵守一些规定。不过，没有他的帮助，我们是不能在阿让特伊安顿下来的，他住在塞纳河对岸，当然，我也不能全怪他……您喜欢他的作品吗？"

"我喜欢他的某几幅作品，不是全部都喜欢。"

真是新闻啊，我以前都不知道爸爸居然对现代绘画感兴趣！

我边听他们谈论艺术，边慢慢地上楼回房间。以后我得问问利奥波德他觉得这个艺术团体怎么样。也许他也能成为其中一员？这会对他开展事业有用吗？

1月6日

我问埃德蒙利奥波德最近会不会到我们家里来。我自以为我装作满不在乎的样子，但是哥哥一眼就看出（他是从什么时候看出来的？我得好好想想……）他这个朋友对我来说可不是无足轻重的。要是利奥波德也明白我的心，他能不再把我当一个小姑娘就好了！可惜埃德蒙并不知道他什么时候会来。

1月7日

我第一次大着胆子对玛尔特谈起利奥波德。她也马上就明白我喜欢他了。

"他长得英俊吗？"

"当然！不过他不仅有英俊的外表，还对一切都特别有想法。"

"'特别有想法'是什么意思？"

"比如说，他可以和哥哥聊聊政治，即使他们的意见不同也不会吵起来。你难道不觉得这很难得吗？"

"他的画呢？你看过吗？"

"还没有。他肯定会带一幅给埃德蒙的,是他帮埃德蒙画的肖像画,都画了好久了。"

"要是你不喜欢他画的东西怎么办呢?你仍然爱他?"

我不知道该怎么回答。我自己没想过这样的问题。我肯定会喜欢利奥波德的画,难道还有别的可能?

"他帮你画过肖像画吗?"

"没有。"

"我真希望能给画家当模特……你看,就这样。"

玛尔特很在行地把一只手放在前额上,脸微微向前倾,神态冷漠地撇着嘴。这就是我想要吸引利奥波德的目光时做出的样子,可惜根本不管用。

1月14日

我反复细想我和玛尔特之间的对话。万一她说得对呢?万一我不喜欢利奥波德的画呢?我寻思是不是最好不要看他的画了,以免以后因为那些画而不再喜欢他。要真是那样,就太惨了。

1月15日

我在练琴的时候,埃德蒙跑过来告诉我说:利奥波德周六快到中午的时候会来找他一起去巴黎!

1月16日

我一早就起床了,等利奥波德来的时候,我已经把自己打理得清清爽爽的了。我还偷用了一点点妈妈的堇菜花香水。

利奥波德来了,埃德蒙过来叫我:"对了,波丽娜,你好像有事情要问利奥[①]?"

"你好,波丽娜。"

"你好,利奥波德。你知道吗?前几天有个画家到我们家来,他是我爸爸的一个病人。你也许认识他吧?"

"他叫什么名字?"

"克劳德·莫奈。

"啊,当然!我在画展上看过他的画。我的小波丽娜,他不是一个真正的画家。他是在做一些实验,其实他连绘图都不太会!我敢肯定,五岁小孩都能画出他和他的朋友们画的东西!包括你在内,你不是老抱怨自己不知道怎么绘图吗?其实你画的肯定比他们还好!我不知道他是不是靠画画过日子。不过,我并不惊讶他和他的朋友们都号称在创作一些当代题材的画作。你知道,他们就连画风景画时都会悄悄地往里面塞进工厂烟囱,这样画面就变味了!真是什么都干

[①] 利奥波德的昵称。

得出来……"

亲爱的日记本，我可以毫不隐瞒地告诉你，我很吃惊利奥波德会有这样的反应。我一方面并不知道莫奈先生的画已经在画展期间展出过，这可意味着他是知名画家！但另一方面，我并不太清楚利奥波德想要表达什么。他是说莫奈先生是一个不会画画的画家？这怎么可能呢？

埃德蒙和利奥波德走了。就在出发之前，利奥波德给我们看了他的速写本。太好看了！可我以前居然蠢到怀疑他在绘画方面是不是真的有天赋！他还跟我们讲了教他人体解剖的老师授课的内容。他们多次去赛马场观察马匹，他把画的素描带给我和埃德蒙看，我们俩都惊叹不已。现在我可以告诉你，我不再有顾虑了。我真后悔当初怎么会蠢到去那样设想……

不过，我多少还是有些失望。在利奥波德眼里，我只不过是他好友的妹妹而已（一个有时还有点烦人的小姑娘）。不知道他是否注意到我头上扎的丝带与裙子的花边是精心搭配过的呢？他肯定没有看到，而且也没发现我特意摆出头微微前倾、无精打采的样子。

我想起玛尔特告诉我的话，要是我当他的绘画模特呢？其实我以前也想过，但是却不知道该怎样提出。刚才他跟我们聊起他的专业时，我就大着胆子提出："你还没有画真人模特来实践你所学的理论、技巧吧？"

"很遗憾，到目前为止都还没有，我没有钱请模特。爸妈给我的钱只够买绘画用具……"

"要是你需要的话，我可以当你的模特，免费的。当然，还要看你有没有兴趣。"

"你真善良，我的小波丽娜，可我想画的模特是一个女人，一个真正的女人，她应该是我的缪斯女神。你明白吗？"

"明白，"我回答得有些太急了，"我之所以这样提议，主要是想帮你。"

我不敢看哥哥的眼睛，匆忙和他们告辞了。我怎么会这么笨呢？他对我一点儿兴趣也没有。我长得不够漂亮，就是这个原因！

可我之前居然没有想过利奥波德的拒绝会让我陷于如此难过的境地。我一下午都待在自己的房间里，根本没法下楼去练琴，也根本没法集中精神看书或者听课。丹妮丝没见我下楼去吃点心便有些担心，她上楼来看我，还给我带来一块苹果甜点。她看出我哭过吗？今晚我也没下楼吃晚餐。爸爸给我检查了一下身体，之后妈妈给我端了一碗汤上来。我没有发烧，也没有生病，爸爸告诉我说明天一定会好的……

现在，夜深了，我肚子饿了。

1月28日

我花了好多天才能接受利奥波德对我不感兴趣的事实。我都不想继续写日记了。不过今天，我感觉好些了。我甚至告诉玛尔特，利奥波德之所以不要我做他的模特，是因为他要找的模特是真正的女人，就是成熟的女人，而不是年轻的姑娘。

我下决心把这件事情忘掉的时候，恰巧妈妈跟我说佩尔蒂埃一家（也就是利奥波德爸妈他们一家）周六来和我们共进晚餐！我通常都不能参加这类晚餐。妈妈说我肯定会觉得无聊的。可明天我能和大人们同桌吃饭！利奥波德和埃德蒙也都会在，爸爸说这就是扩大了的家庭聚餐。我猜想是爸爸提议让孩子们与大人同桌吃饭，他主要是想和埃德蒙亲近些。他们两人之间的关系一直不见改善：埃德蒙总是故意跟爸爸谈他参加的政治会议，他很清楚爸爸是持不同政见的，这样一来，他们两人肯定又会吵得不欢而散。

1月31日

利奥波德和他父母到我们家时，一切都已经准备就绪了。爸爸和埃德蒙在会客厅里聊改革，我在弹琴，主要是要让妈妈听到我的进步，屋子里弥漫着干酪丝的香味，这可是丹妮丝的拿手菜……

爱德华、利奥波德和两位父亲在聊天，我待在佩尔蒂埃夫人和妈妈身边。很快，她们俩就像我不存在一样当着我的面聊了起来……佩尔蒂埃夫人很为儿子操心。尽管他们夫妇都同意儿子到美术学院继续学习，可她还是忍不住为儿子没有选一条正道而遗憾……妈妈则用自己的方式宽慰她。妈妈说埃德蒙一开始就选了一条更有保障、更明智的路，可她很担心埃德蒙因此而浪费了他在政治上面的才华……

"贝尔特！你可别对着我们的客人说你那些没完没了的担心！"

"真对不起，我真是屡教不改啊，我一个朋友……"

利奥波德的父亲加入了对话。他觉得，等这两个男孩长成真正的男子汉，有了责任感之后，一切都不成问题了。现在，两个男孩都还没有服过兵役。只要服上几个月的兵役，一切都会回到正轨上的！

"但愿您说得对……"妈妈忍不住总结说。

大人们说话的时候,埃德蒙和利奥波德去饭厅了,他们没有听见大人对他们的议论。

丹妮丝有个小帮手(我觉得她和我差不多一样大),如果我们要筹备丰盛晚宴的话,就会请她来帮忙。我想,只要埃德蒙不要又谈他那些令人难堪的看法,一切都会很完美的……到目前为止,一切都还算平顺,不过他开始谈麦克马洪[①]了。

"我真为梯也尔手下的这个屠夫感到遗憾!你们知道吗?居然让布罗格列发起投票试图通过可执政七年的法律?他们认为可以为所欲为吗?法兰西是一个共和国,他们的算盘打错了,可不能又出来个国王,我们绝对不愿意!就这些拙劣的把戏还想要改变局势吗!"

其实,埃德蒙很清楚利奥波德的父亲是保王派议员,他们两人的立场完全是对立的(他是不是故意这么提起这个话题的呢?)。很快,说话声音立刻大了。我看到妈妈眼巴巴地看着可怜的爸爸,他都不知道该

---

① 麦克马洪(1808—1893),法国元帅、总统。

怎么平息这场争论。最后，还是丹妮丝止住了争论，她给大家上了非常美味的蛋奶酥。这道甜品来得真是时候，否则饭桌上马上就要吵起来了。我们的客人们对蛋奶酥赞不绝口，他们向丹妮丝鼓掌致谢，可怜的丹妮丝脸都红了。

2月4日

亲爱的日记本，我现在浑身都在发抖，手中的鹅毛笔也快握不住了，笔上的墨水洒得到处都是，我衬衣的手腕处都被溅上些墨水。但是我还是得记下发生的事情。这事情非常严重：乔治在若利厂里出事了。刚出熔炉的滚烫的工字梁砸在他身上！

丹妮丝刚和我爸爸一起去医院了。目前我们还不知道具体情况。他会不会伤得很重？如果他身上有伤口的话，以后会愈合吗？我们现在一无所知，只能等待。我和妈妈两个人待在家里。我们守着火炉过了一夜，都不敢揣测万——……我不愿那样想。我怎么都睡不着。

2月5日

丹妮丝从医院回来了，她今天一大早又过去了。她把乔治的情况告诉了我们。他现在好些了，只是他的腿部受伤情况严重。他的手臂也被挫伤了，眼睛旁边也被碎片击中，不过这些伤都不严重。爸爸说他应该会恢复的，只是他这辈子都得蹒跚跛行了。埃德蒙一进家门就听说乔治的事儿了，他怒火中烧，久久不能平息。他觉得这一切都是工人们恶劣的工作条件所致。乔治手脚灵便，工作熟练，他之所以受这样的工伤，完全是因为工作时间过长造成的。

他将来会变成什么样呢?

2月8日

爸爸和哥哥之间又起了争执。爸爸在壁炉里发现了几乎被完全烧焦的报纸残片,这大概是一张埃德蒙从巴黎带回来的鼓吹虚无主义的报纸。

"你可以有你的想法,这没问题!可我不想你把这种低级趣味的报纸带回家来!你明白这种报纸鼓吹的是暴力吗?还鼓吹革命呢!你确定这就是你所追求的?你知道吗,你现在是什么都不缺的有产者其中一员,不然你怎么能继续学业?"

"我知道。可我和你不同,我拒绝这个社会继续这样不公正地延续下去,也不愿它还维持帝国统治!你对此有什么看法吗?就你那些软弱无力的话?你心里清楚根本没有别的解决办法!被剥削者永远都是弱势群体，随时被军队镇压！你和我一样清楚，没有别的办法可获得平等！只不过你呢，内心希望什么也不用做，继续维持现阶段舒适的生活即可！你号称想要帮助别人，可你其实害怕改变！"

"听着，我用我的方法做自己力所能及的事情！"

"是吗？比如说，我能知道你用'你的什么方法'去帮助乔治吗？你当然明白他不可以回工厂工作了，他可不能再受伤了！"

"我正在想办法，你认为我会袖手旁观吗？"

埃德蒙冷笑了一声，之后便上楼回房了。

"真的吗？你要帮乔治？"我问爸爸。

"当然喽，我亲爱的，但是事情没有确定之前我还不想说。我不想给他或者他妈妈一些虚假的希望。"

但愿爸爸的法子管用……不然乔治会变成什么样呢？

❁

2月13日

　　谢天谢地！乔治终于回到家了。他的腿跛得厉害，上面还上了一个很大的木夹板。他跟我说不是很痛，可我不信，我看到他费了很大劲才坐了下来。可怜的人儿！我让他给我看看疤痕，可就在这个时候，妈妈进厨房来了。

　　"波丽娜，我们不可以提这种要求！"

　　"我没关系的，维戈夫人……"

　　"乔治，你真大度，可波丽娜实在太过分了！"

　　"怎么了？"爸爸问道，他们是一起从医院回来的。"乔治，我有一个好消息告诉你！我给你在我的一个病人家里找了个好差事。他正需要一个园丁，之前他很喜欢我们家的花园，我告诉过他都是你打理的！"

　　"谢谢，维戈先生……让您费心了，我应该自己解决的……"

"没事的！而且你的报酬会比在若利工厂高！你觉得怎么样？从这儿走两步就到他家了，就在皮埃尔·居耶纳街，他就是一月份到家里来还清账目的画家。"

"你是说乔治将会是克洛德·莫奈的园丁？"

"对啊，波丽娜！"

"你把这事儿告诉埃德蒙了吗？"

"还没呢，怎么了？"

我在想哥哥会有什么反应！

3月3日

乔治已经到莫奈家上班了。有时候我下课放学回家的路上会碰到他，他也下班回去了。他看起来很开心。他独自一人工作，有时候也会想念在若利的伙伴们，不过这是他新工作唯一的不足之处。他感到大伙儿对他的照顾，于是就更感激父亲了。

"你从来没见到过画家莫奈吗?"

"最近没有,他正忙着筹备展览。我见得比较多的是他的太太和孩子们。他们都很友善。"

"那你看到他的画了吗?怎么样啊?"

"莫奈先生给我看过他的几幅画。这些画和我们平时看到的画一点儿也不像。我也不知道该怎么说。他跟我解释了他的目的,要是他不说的话,我想我根本看不懂这些画。我不知道谁会买下这些画……"

"你觉得我有可能看到这些画吗?"

"这得看情况……还得保密,我不知道自己有没有这个权利。我不想失去这份工作……"

我真希望乔治能想办法带我进画室去看看!不管怎么说,没有爸爸他就不能在那儿工作!

3月6日

我告诉埃德蒙爸爸帮乔治找到一份做园丁的工

作，埃德蒙根本没法掩饰他的惊讶。这个消息让他惊得目瞪口呆，不过我觉得他心里一定为他的"有产者爸爸"这次的所作所为感到骄傲。不过在饭桌上，他还是说帮助一个无依无靠的人并不意味着能解救所有的工人阶级。他觉得这并不是真正解决事情的方法。爸爸很生气，他说："那你的意思是说我最好什么都不做，对吗？你根本不配与真正关心乔治未来的人相提并论！"

这一次，埃德蒙无言以对！

3月8日

乔治趁莫奈家没人的时候，带我进入画家的画室。说"画室"其实不太准确，因为莫奈家里到处都有画，有些挂在墙上，有些还在画架上，不过他家里还是有间房专门用来存画的。我还是第一次走进这样的房间呢。地上、架子上，到处都有颜料罐。我在天花板上都能看到油画的痕迹！里面除了有些差不多已经完成的画，还有些素描本，这跟利奥波德的速写本差不多。画室里的画大小不一：有几幅特别巨大，它们的画面是朝墙面放的，我都看不到；其他的画就比这几幅小了。

我得承认，我知道为什么这些画引起那么多批评了，主要是因为它们一点儿也不逼真！有些画里面有人脸，可是它们很难辨认！我们只能猜着看！

"看起来你不太喜欢这些画，"乔治注意到我的表情，"你感到失望吧？"

"确实是。你觉得这些画好看吗？"

"我跟你说过，我其实不知道该如何评价。但我得承认的是，我看的时间越长就越喜欢这些画。我们得知道画家的目的是什么：他们要的不再是逼真，而是表达他们对所画景物的感觉。"

"可我如果看不到逼真的画面就不会有什么感觉啊！"

乔治给我看了莫奈对同一主题所作的两幅不同的

画：花园里的丁香花被他分别画成了阴天的丁香花和晴天的丁香花。

"可我们只看得到一些颜色点！"我大声说,"怎么看得出是丁香花呢？"

"可刚才我还没告诉你它们是什么的时候,你就已经叫出它们的名字来了！看,就是那些花儿！"乔治指着花园里的灌木丛对我说。

实事求是地说,画面上的枝叶仿佛随风摇摆,而且我得承认我看出是这些花儿了……乔治觉得我还不是很接受,于是便在画室里四处翻找其他画给我看。很快,他就找到一幅他很喜欢的大幅油画——以前莫奈给他看过这幅画。这是一幅风景画,上面布满红色的斑点,远处有两个模糊的影子。

"这是我最喜欢的一幅画。"

我撇了撇嘴。

乔治接着说:"是虞美人,是我猜的。但莫奈想要表现的是夏末的感觉,他希望我们可以感受到微风、热浪……你感觉不到吗？"

"没有感觉到……我觉得他应该在人脸的绘画上

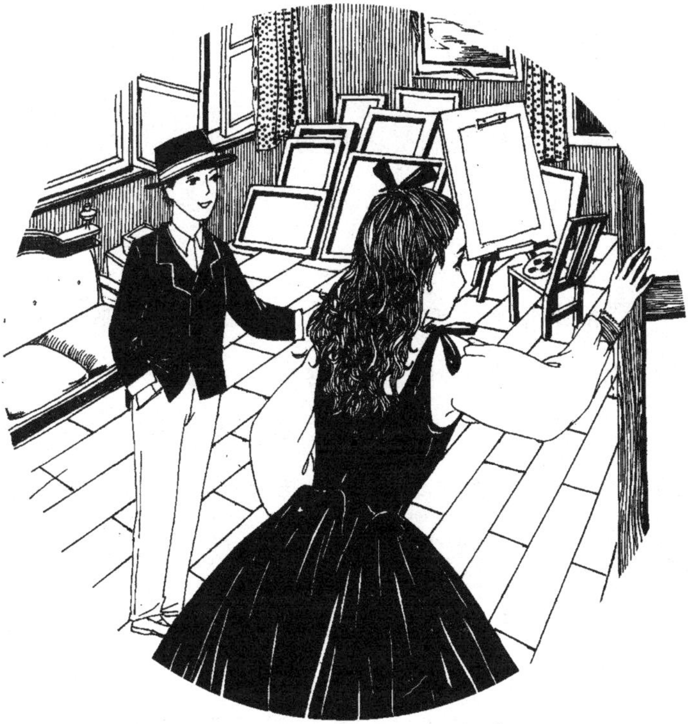

再下点功夫！你也看到了，他都没给画中的女士画上眼睛！而且看不出旁边的孩子是男是女！"

"不过你还是看出这人是位女士啦！"

我知道乔治这么说是故意逗我玩，我可不会不高兴。

"现在我知道利奥波德为什么不喜欢这种画了。他喜欢一些精美的东西，所以只画这类型的事物。相信我，他的速写是另一种画！"

"相像并不重要！我不知道你的朋友利奥波德画的是什么，但我可不肯定会喜欢他画的东西！"

"怎么了？你觉得他会在意你的话吗，一个园丁的评价？利奥波德可是美术学院的学生，他前途无量！他才不会在意你的话呢！"

话说到这儿，我们两个都不高兴了。乔治不再和我说话，自顾自去"他的"花园了。我觉得我说得是有点过分，可不管怎么说，他和利奥波德，谁对绘画的看法更有意思呢？利奥波德知道自己在说什么！假如说到花卉或者是熔炉的话，我就更愿意听乔治的看法!

他去花园的时候,我看到他的脚走起路来一瘸一拐的。每次看到他这样走路我都觉得很难过。他再也不能像以前那样奔跑了。要知道他以前跑得飞快,每次比赛都是他赢,连腿比他长的埃德蒙都不是他的对手!

我没和乔治告别就回家了。我也没告诉他其实我很喜欢其中一幅画。那幅画挂在墙上,上面是一位身穿漂亮绿裙子的女子。莫奈这次总算有时间也愿意花工夫好好画她的脸了。她的表情很特别,真的,我得承认,即使我现在已经回到家了,可我眼前依然是这女子的身影。

3月12日

这段时间我没有按时写日记。时间不知不觉就过去了。春天来了（今年的春天来得比往常早），下课后，我没有马上回家，而是喜欢和玛尔特一起在城里转转，或者沿着河边拉船纤夫走的道散散步……

3月18日

丹妮丝很着急。乔治答应帮她一起做换季打扫，可他却整天在莫奈家忙。好像莫奈先生正在和他的朋友们一起筹备一个画展，所以乔治得不停地帮忙搬东西。

"你不是他们家的园丁吗？"

"可我愿意帮他们的忙！妈妈，他们对我很好。我想要保住这份工作，他们请我帮忙的时候，我没法拒绝！"

"可你具体做些什么呢？你肯定做这些事情不会伤到你的腿？"

"我帮他们把画包装起来,再送到摄影师那儿。展览是在摄影师那儿办。到时候你好好看看他的工作室吧,空间非常大!"

乔治说话的时候,我正在会客厅里弹琴,他的话让我大吃一惊。

"你说的是什么画展?"我问乔治,装作我们之间没有吵过架一样。

"莫奈和他的朋友们合伙办一个能与巴黎美术展抗衡的画展。一个住在巴黎的摄影师把他的工作室借给了莫奈他们。"

"与巴黎美术展抗衡的画展?现在不是已经有被拒之美展门外的画家作品展览了吗?他们对此还不满意吗?"

"是不同的展览。这次参展的画家同属于一个团体,只展出他们的作品。而且这次展览不评奖,不选获奖画作,也没有落选作品。画展的目的是能够在条件良好的场馆展示他们的作品。莫奈告诉我说,在巴黎美术展上,参展画作过多,那些画密密麻麻地挤在一起,人们只看得到尺寸巨大的绘画作品。"

我觉得乔治被这位莫奈先生牢牢掌控住了。丹妮丝说得很对,他到底是莫奈家的园丁还是仆人啊!

3月20日

事实证明,这次画展非常受追捧!

"哎呀,莫奈和他的朋友们在办画展!"爸爸读报纸的时候大声叫了起来。

"乔治告诉过我了。"

"是吗?他跟你说了些什么?"

"就是莫奈和他的朋友们想要办一个能与巴黎美术展抗衡的画展。你看的报纸上怎么说啊?"

"都是些负面评价。他们都取笑……"

这时候,本来低头看时装杂志的妈妈抬起头来说:

"波丽娜,你觉得画画怎么样?你想学吗?如果你不想学钢琴想学画画的话,可以告诉我们的,你知道……"

"不，不，我想学钢琴，我只是对乔治的工作感兴趣而已！"

我可不能跟妈妈说我感兴趣的是利奥波德啊！我对妈妈说，我爱看画而不愿去画。爸爸笑了起来。我想家里人应该不会起疑心的。

"爸爸，你看过莫奈的画了吗？"

"当然，他家里到处都是他的画。"

"你觉得那些画怎么样啊？"

"好吧，跟你说实话吧，我看到这些画的时候，第一感觉是很震惊，我觉得受到很大的冲击。那是我第一次看到这种类型的画，第一次看到大块色调这样均匀地呈现出来。我得承认的是，我脑海里一直都记着这些画，这表明这种类型的画给我留下了深刻的印象，对吗？我以前去卢浮宫或者其他博物馆的时候，参观展厅的时候，我对那些画都没有如此鲜明的记忆。"

"可这并不意味着这种画好看……"我大着胆子说。

"其实，不能用'好看'来定义吧。波丽娜，你认为绘画一定得好看吗?"

"嗯,当然喽!如果一幅画不好看的话,我们干吗要去看啊?"

"我觉得你爸爸想说的是,一幅画如果能引起你的某种感情共鸣,或者能唤起你的某种感觉,那么哪怕你第一眼看它的时候觉得'不好看',但这幅画也是幅成功的作品。你明白吗?这道理就跟你阅读一本书一样。"

我从来没有听过妈妈这样说话。

我得上床睡觉了,夜深了,可我还是老会回想起爸爸妈妈跟我说的话。的确,我忘不了乔治给我看的那幅画,就是有虞美人的那幅画。

3月25日

最近天气特别好。我窗外的丁香花长出花骨朵来了。

以后每周日我们又可以沿着塞纳河边散步了。随着城市的发展，河边修了好几条路。河岸一边建起了各种各样的工厂，另一边则还保持着昔日的美丽。

我很喜欢一家人一起散步。当然，现在埃德蒙开始工作了，不确定他能和我一块儿走走……

3月29日

今天是我们全家今年第一次去散步！这一次，妈妈准许我穿上刚做好的新裙子。我很喜欢这条裙子，它的花边很漂亮，我还配了一顶帽子遮遮阳。要是利奥波德能看到我今天的装扮就好了……

我们沿着河边走，从那些在河里面划船的人身边经过。要是我是个男孩，我就可以去划船啦！这群年轻人看起来个个都那么快乐、无忧无虑的。我好羡慕陪在他们身边的女孩子啊！不知道将来某一天会不会也有一个男孩陪着我在河边走走？

爸爸和妈妈手挽手走在我前面。他们时不时回头看看我有没有掉队。

"波丽娜，快看那边！"

我转过头去，完全没想到居然看见……乔治！他在一艘有点古怪的、甲板上面加了间棚子的船上。爸爸示意我一起走过去。

"你好啊，乔治！"

"您好，维戈先生，你好，波丽娜！"

就在他说话的时候，莫奈从甲板上的那间棚子里走了出来！他跟爸爸挥挥手，然后邀请我们到他的工作船上去坐坐（他就是这么叫这艘船的），可我妈妈始终有些不放心，让我待在她身边。幸好爸爸让我跟他一起到船上去。我朝小船走了过去，上去的时候差点掉进水里。我有时候真像个傻瓜！还好就在我快要落水的一刹那间，乔治紧紧抓住我。莫奈带爸爸参观他的水上工作室，他看起来对此很骄傲。

"您看到下面的那些帆船吗？有了这艘工作船，

我就能近距离地接触它们了，而且我能更好地观察水波的浮动，这可比我待在岸上看得清楚多了。"

他们俩说话的时候，我就去找乔治去了。

"我有什么可以帮你的吗？"

"我希望你好好地待着，不要掉水里就行了！"

这下，我放心了。现在，我们总算和好了。这样就好啦。爸爸和莫奈在这间水上工作室里面聊了起来。

"我听说您办了一个画展？"

"是的，报上的确是报道了……现在，我也没什么好抱怨的，事情好多啊。两天前，雷诺阿把我们的作品拿到德鲁奥拍卖行①组织拍卖，不知道您听说这事儿了吗？"

"我听说了，报纸怎么会放过这样的消息呢。"

"正如您所说，我们当时都累垮了！我那二十多幅画，没有一幅的售价超过200法郎，您能想象吗！"

200法郎！我觉得这个价钱还不错啊！

下午，我们在一旁草地上看书的时候，埃德蒙来了。我一直在看莫奈的工作船。有好几个人（基本上

---

① 德鲁奥拍卖行，法国最著名的拍卖行。

都是些男的）上去参观。莫奈带他们到处参观，还指给他们看河上的桥、帆船、远处岸边的工厂……我好几次都听到船上传来的笑声。埃德蒙也朝小船那边看过去。

"你知道乔治也在船上吗？"

"真的吗？我们可以过去跟他打个招呼？"

我知道我的主意奏效了！埃德蒙也和我一样想去船附近看看他们在干什么。

我们到那边的时候，莫奈正送他的一个朋友出来（他还塞了点钱到这个人的上衣口袋里）。

"谢谢，居斯塔夫[①]，再见喽！这些钱是买你画的预付款！以后你重新开始画画的时候，我可是你的第一个顾客啊！哎呀，波丽娜小姐……"

他朝我微微一笑，然后让我们到船上去。埃德蒙做自我介绍时，我就朝他的画架走了过去。莫奈开始画一幅新画了，他在画布上面点了很多大团的白色颜料，我猜他是要画帆船。

我没注意到他已经走到我身边……

---

① 居斯塔夫·卡耶博特（1848—1894），法国印象派画家。

"怎么样，你喜欢吗？你觉得怎么样啊？"

怎么跟他说我根本不喜欢这种画呢？

"就目前而言，我还说不出什么。我想要看您画好以后的……"

我觉得自己表现得很谨慎。可画家大胡子后面露出的微笑似乎看穿了我的心思。

"你更喜欢具象的绘画，对吗？就像梅索尼埃[①]或者布格罗[②]画的那种画？"

"是的……"

"你能告诉我具体哪位画家的画吗？"

我中计了，我没法告诉他说自己其实是在重复利奥波德的话！幸好此时乔治来了，我得救了。

"先生，我干完活儿了。这次屋顶不会漏水了！"

"太好了，以后下雨天我也可以画画了！"

"波丽娜，你走吗？我们不要打扰莫奈先生工作啦！"

唉，我肯定又被当作傻瓜了……我一定得学会管

---

① 梅索尼埃（1695—1750），法国洛可可式著名装饰艺术家。
② 布格罗（1825—1905），法国画家。

住自己的嘴巴！或者以后只说自己知道的事情了！

3月30日

我边看谱边弹新曲子的时候，爸爸把一张卡片放在我的乐谱上。

"哎呀，我想你对这个活动会有兴趣……"

他平时不会这样打断我练琴的……看看卡片上都写了些什么吧：

画家、雕塑家、版画家等无名艺术家诚挚地邀请维戈先生出席我们首次展览的开幕酒会。本次展览将于1874年4月15日到5月15日期间，在巴黎卡普辛大街35号举办……

"你要去吗？"

"当然会去。我想你可以陪我一块儿去,你妈妈对此不是很有兴趣……你知道的,一到人多的地方,她就觉得难受!"

"你认识其他一起展出作品的画家吗?"

"我在莫奈家见过一位,就是上次他太太生病的时候。"

"你觉得我会喜欢他们的画吗?"

"我不知道,不过,要了解一样东西,最好自己去看看,你说对吧?"

爸爸说得对,这样我以后见到利奥波德就有话聊了!去参加开幕酒会要穿什么裙子呢?

4月3日

乔治来帮丹妮丝一起晾晒、拍打地毯除尘,之后要把被单、窗帘送到洗衣女工那儿清洗。

"乔治！我要去巴黎看莫奈和他朋友们办的画展啦！你会去吗？"我问他。

"我不能去！我得留下来料理花园！不过我会去画展那边帮着布展、挂画。"

"你知道会展出哪些画吗？"

"有你在他画室看过的那幅虞美人；我还看到有幅画巴黎街景的画；还有一幅画他一定会展出的，是一幅四年前被巴黎美术展拒绝的、画勒阿弗尔港口风景的画；还有一些素描……我想不起来了。"

"啊！其他画家呢？他们会画一些比较……逼真的画吗？"

"会有的，据我所知，一起参展的画家中有几位比莫奈更有名，他们的画卖得也更好。这应该更符合你的喜好……"

"乔治，地毯……"

丹妮丝指给她儿子看地毯的边角地方拖到泥水中了。于是乔治又重新拍打地毯。我赶快走开了，那些灰尘会让我咳个不停的。

我回到房间的时候，看到里面有束纯白的丁香花。可我们家花园里并没有丁香花啊。我只在莫奈的花园中见到过这种花。肯定是乔治带来的，可他怎么把花放到我房间里的呢？他为什么不把花放在厨房或者是会客厅呢？

4月10日

昨晚，利奥波德来找埃德蒙。我很得意地给他看了"独立艺术家"们的邀请卡（爸爸同意把卡片放在我这里，条件是我绝对不能把它弄丢或损坏）。他用一种奇怪的眼神看我，我觉得很不舒服，甚至有种厌恶感。

"哦！你爸爸和这些狂热分子经常有往来？我很惊讶……"

"也许你会喜欢他们当中一些人的画……"

"我的小波丽娜,你真是太天真了!这可算不上是一个画展!我听说,马奈,就是和你的朋友莫奈走得很近的那个人拒绝和这些人一起做展览!他一直期望得到巴黎美术展的认可,真是个疯子,不过他至少清楚地看到这种骗人的把戏毫无益处。我都不太确定会不会有买家去看!"

"我也许可以以报社记者的身份去看看?"埃德蒙大声问。

"到时候跟我说一声吧,我和你一块儿去,好好看看笑话!"

我本想留在那儿听他们聊天的,可埃德蒙问我还有没有别的事情要做。现在我明白这话的意思啦……

4月12日

还有三天!我问妈妈是否可以穿周日的衣裙去巴

黎看展览。她同意啦！我本来还很担心去画展的时候得穿成学生样，这样也太引人注意了……

4月16日

昨天下午，吕西安娜修女的课程结束后，爸爸来到学校接我。我们两个几乎是跑到火车站的。我有一段时间没搭乘火车了，居然不记得坐火车比汽车舒服、快捷多了！

火车发车22分钟后，我们准时到达巴黎的圣拉萨尔火车站。正点到达真是太棒了！我手上拿着列车时刻表，火车每停一站，我就核对一下我们是不是准时到达这个车站。丹妮丝给我们准备了些吃的东西，可我连碰都没碰，我怕不小心把我漂亮的裙子弄脏了。

爸爸常常会到巴黎来，他不愿意租乘马车去看画展。于是我就跟在爸爸后面走了整整二十多分钟。等我们到展厅那儿的时候,我满头大汗!

画展的举办地并不是个博物馆,而是一间工作室。当我听到阵阵喧哗声的时候,还以为找错地方了呢……

但我们要来的就是这个地方……

"为什么他们不租一间画廊呢?"我有些吃惊,也有些失望,"在这儿看不到什么啊。"

"我想他们办这个展览主要是为了给朋友看,这个地方是一位知名的摄影师借给他们用的。看,他就在那儿,和莫奈在一起的那位。"

我看了半天才看到莫奈在哪儿,他周围挤满了人。我还是第一次看到他穿戴得那么整齐,礼服上也没有蘸上绘画颜料。不过,他看起来有点紧张。

"据说他是整场最受欢迎的画家。"爸爸悄悄在我耳边说,"走吧,我们待会儿再过去和他打个招呼。"

我们开始欣赏展出的绘画。我紧紧地跟着爸爸,生怕走散后迷路。这次参展的有风景画、肖像画以及描绘"生活场景"的画。这还是我第一次看到那么多的现代绘画。正当我觉得没看到什么好看的画时,有一幅《舞台上的芭蕾舞者》突然出现在眼前,我所有的注意力都被它吸引了。看这幅画的时候,我身上有一种神奇的感觉:我觉得自己仿佛亲眼看到芭蕾舞演员在舞台上排练。每一位芭蕾舞演员的姿态都非常"真实",观众都能感受到她们在优雅地舞动时所付出的努力。不过,当我看到德加[①]的另一幅画时,我觉得真是难看极了(他居然画的是一个熨衣女工)。我要是不看绘画下方的署名的话,根本想不到这两幅画是同一位画家画的!一同展出的还有一位叫摩里索[②]的女画家的几幅画。我比较喜欢的一幅画是《摇篮》,尽管画得还不是很逼真、细致,因为看的人会觉得画还没完全画完!

再走几步,我看到一幅描绘城市风景的画。看这幅画就会觉得画家(这是莫奈的画,这幅画应该就是

[①] 德加(1834—1917),法国表现人物动态的绘画大师。
[②] 摩里索(1841—1895),法国女画家、版画家。

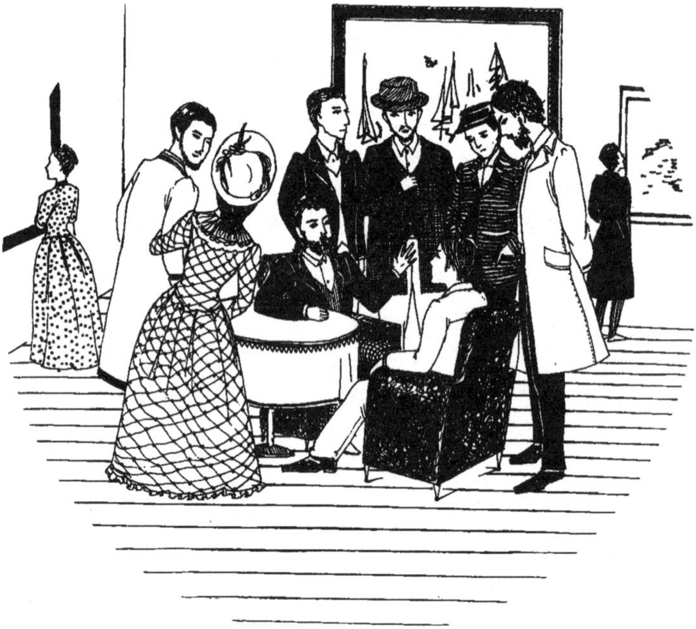

乔治跟我说过的）在某天午后坐在窗前，静静感受着这座城市的氛围。我第一次看到这样的绘画。这也是我第一次看到一幅画时心里会想到一个故事。

我看到乔治给我看过的那幅虞美人的画了。我根本没法好好欣赏这幅画，很多人都聚在那里，议论纷纷。我不得不钻进一群男士中间去看这幅画。我得承认，这幅画挂在这里的确更合适，可它仍不是我喜欢的类型。

看完莫奈的另一幅画后，我们的参观结束了。当然，为了看这幅画，我们等了好一会儿。我不懂这幅画有什么意义。

"就是这位著名的马奈！画不怎么样，却还引起各种议论！"

"不是，是莫奈！您应该知道，马奈比这里的狂人还是更有些水平的！要知道，我也不算外行了，不过，莫奈至少用色上面还是不错的！您看这个太阳！如果画成圆的，就对了！我建议图尔纳雄[①]下次可以

[①] 图尔纳雄（1820—1910），笔名纳达尔，法国漫画家、作家、摄影师。1874年为印象派举办第一次画展。

展出我女儿的画！我向您保证，虽然她还不到八岁，不过她的素描画得绝对要比这位莫奈好……"

爸爸去和莫奈及其朋友们打招呼去了，我一个人继续看画。

"波丽娜！"

爸爸旁边站着一位女士，她是好几幅画中的模特，我是从她的眼神和嘴唇看出来的。

"波丽娜，这位是摩里索，你喜欢的那幅画就是她的作品。"

我的脸刷地一下红了。这位艺术家笑了。

"我很高兴你喜欢我的画，波丽娜。你对绘画有兴趣对吗？"

我根本不知道该怎么回答她，我只会结结巴巴地说我不会画画，可她根本没问我这个啊！这时候，莫奈走了过来。

"啊，我以为今天见到的会是维戈夫人，没想到是维戈小姐！波丽娜，你在这儿应该没找到你喜欢的画吧！"

"你错了，克洛德，她喜欢我的画！"

莫奈很惊讶，他转过头来看着我。

"我喜欢摇篮周围所呈现出来的氛围。我也喜欢那幅有很多跳舞的小姑娘的画。不过，我不喜欢《现代奥林匹亚》，我觉得这幅画，有点粗俗。那幅《卡普辛大街》是您画的吧？"

我还想继续讲下去，可有人拍了拍莫奈的肩膀。

"迪朗①找你。他现在就想要买你的三幅画……"

莫奈向我们致歉后离开了。我们就和摩里索待在一起。

"我也希望我的画能引起买家的兴趣。因为，要是指望媒体的话，那就……"

她朝我们做了个鬼脸，并指给我们看那边有两个人边冷笑边做笔记。他们站在莫奈的《印象·日出》前。

"印象，至少这幅画的名字没骗人！您看到啦，我们根本没法从云层中分辨出工厂的烟囱！"

"哈，真是好笑！您如果不反对的话，我的报道题目就叫这个吧！"

---

① 迪朗·吕埃尔（1831—1922），法国画商。

"您是为哪家报社写稿？"

"《喧闹报》……"

在回家的火车上，爸爸的话打断了我的思绪。

"我觉得你比以前话多了！"

"这是因为我没弄懂我们看的这些画到底在表现什么。你觉得这就是现代艺术？我听了他们的谈话后，就更糊涂了。他们所说的和利奥波德的话完全相反。"

"我觉得是可以共存的。其实，有几个被他们指责过于守旧的画家完全没必要反应那么激烈。更好看、更逼真的画与更有原创力的画并不冲突。你也看到了，有些画是非常接近实物的，不是吗？"

"是的，我喜欢的正是这类画。"

"那么，莫奈的海洋风景画呢？你不觉得这些画里面有内容吗？"

"的确如此，我们能感受到波浪的力量，不过我还是更喜欢摩里索画的室内风景画，我喜欢她的画中所散发出来的安宁、平静，还有她的画中人的眼神也很不错。"

"我们喜欢的东西不一样,我的女儿。"

"莫奈的画里面,你可别说你喜欢的是他的《日出》!你听到那些记者是怎么议论的了?"

"要是说这是我最喜欢的一幅画,那我就撒谎啦,不过我确实觉得这幅画有意思。他努力大胆地画出一些根本不好看的工厂烟囱。他并不满足于再现已经存在的东西,就像……"

"就像利奥波德一样,你是说?"

"我从来没有看过他的画,不过显而易见的是,他的目标和这些独立派艺术家们不一样。那幅虞美人的画,你觉得怎么样?"

"我觉得不好看。不过我得承认,如果把这幅画拿远一些看,我们会觉得身处在九月的田野中。"

我们到家的时候,妈妈还没有睡觉,她在等我们。

"总算回来了,我都怀疑你们都不回来了呢!波丽娜,你还好吗?赶快上床睡觉吧,明天早上我还是会按时叫你起床去上学。"

亲爱的日记本,我的确快要睡着了。我本来早就该睡觉的，可我还是要在遗忘前赶快把看到的一切记下来。

4月20日

我觉得那些记者非常不客观！他们完全是在乱说乱讲！玛尔特把一篇从他爸爸订阅的报纸上剪下来的报道带给我看：这个记者居然敢把这些画家当作"视网膜出了问题的病人"来看待，我很诧异他文中充满如此强烈的恶意。"这就是我的一点印象，或者说其实我根本不知所云。至少应该告诉我一下画布下方的那些不计其数的黑色块是要画什么，这幅画又是要画什么呢？请看说明书：《印象·日出》。印象，我肯定是有的。因为我对此印象深刻。我想，画里面应该有什么印象吧！"

可他们为什么会如此愤怒呢？希望莫奈和他的朋友们不会看到这篇报道……

埃德蒙也去看了这个展览。他回来的时候兴高采烈的（只要是现代和他所说的"冲击到资产阶级"，他都喜欢），好像他为此还和利奥波德有争执，以至于近期之内利奥波德都不会来我们家了。他也把这个消息告诉妈妈了。这样的话，我要什么时候才能见到利奥波德呢？我得想个办法。

我把这事儿告诉玛尔特了。不过，她好像没空听。她在忙她姐姐泰蕾兹婚礼的事情。而她家里人都在忙着准备接待泰蕾兹未婚夫及其全家，最近玛尔特开口闭口都是在讲这件事。不过，我还是想法子让她给了些建议（每次说到男生的话题时，她就立刻跑开了）。

"你应该让他教你画画！"

"说得容易！他是绝对不会愿意的。而且，我要真想学的话，爸妈会给我请一个专业美术老师的。"

"他还是不愿意你做他的模特？"

"我没有再跟他提这件事了。"

"你可以制造机会和他'偶遇'。或者你让埃德蒙帮你，想办法让他们见面时，你'碰巧'也在。"

"你没有更好的主意了？"

"没有了。我告诉过你吗，我要和我的表姐妹们一起在教堂唱歌。我已经请韦尔东小姐帮我排练了。"

看来，她真的是全部心思都扑在婚礼上了！我将来会结婚吗？要是利奥波德以后不来我们家了，该怎么办呢？

❀

5月5日

今天天气比较热。我放学回家的时候，从莫奈家门口经过。乔治站在梯子上，忙着修剪今年第一波开败的丁香花，他看到我后招呼我进去。

站在街上是绝对猜不到里面花园有多美的。园子里的吊钟海棠长出了花蕾，玫瑰花开了，天竺葵也开花了。

乔治自豪地向我展示他的工作成果。

"我在这里不会打扰他们吧?"

"不会的,他们今天去巴黎了!这段时间莫奈不经常回来,画展还没结束,他的太太和小孩也就趁这段时间去朋友家做客了。"

"你看画展了吗?"

"我看过那些画。"

"你喜欢吗?"

"我比较喜欢西斯莱①的风景画。还有画熨衣女工的画。"

"这个画家的画呢,我最喜欢的是画舞蹈演员的。你不觉得他画打着哈欠的女工有点怪怪的吗?"

"不觉得啊,为什么呢?他画的主题很不同,相比较资产阶级而言,他画得更多的是工人。我敢肯定,你哥哥的想法和我的一样?"

"确实是,你说对了。"

就在他想让我进门的时候,后面传来一阵脚步声。莫奈夫人和她儿子让回来了!乔治做了个鬼脸。

"哦,乔治,你在接待朋友啊?"

---

① 西斯莱(1839—1899),法国印象派风景大师。

"没有,夫人。波丽娜小姐是替我妈妈捎个口信给我的。我妈妈在她家做活,您知道的。"

"哦,对不起,维戈小姐!我刚才没认出是你来!"

我结结巴巴地说了几句,然后就同莫奈夫人和乔治道别了。可他为什么要说莫奈家人不在呢?

5月23日

埃德蒙写的关于画展的报道没能刊登。他很愤怒。报社主编不愿意要他的稿子。他说这份报纸的立场是捍卫工人们的权利,并不是为那些以画其他资产阶级为乐的有产者服务的。爸爸提议帮他发表这篇报道。

"你认为《费加罗报》会喜欢这些印象派艺术家?可别告诉我说你在《小日报》里面有朋友!"

"至少你可以把文章寄过去,这样他们也好认识你一下？"妈妈提议说。

"妈妈，我的读者是认识我的！我只不过是想有权利同他们聊聊政治以外的话题！"

"换一家报社吧，你想我怎么说呢？"

还是爸爸说得在理。埃德蒙总是不满意：他又想在一份介入时政的报纸上发文，又抱怨在这份报纸上只能谈政治！

5月24日

这个周日，我们和往常一样到河边散步，结果我们遇到莫奈一家。

"莫奈先生，画展结束了，怎么样啊？"爸爸问，显然，他很高兴碰到这位画家。

"您看报纸了吗？我们被狠狠地批评了。您说我该怎么办呢？我努力地工作、工作，心里琢磨着不知道将来能不能靠我的画过上体面的生活！唉，您说我能怎么办呢？这些记者是不会被辞退的，他们总是吝啬得不肯说一句好话！现在，画展结束了，我在重新开始工作前先休息一下，这次画展引起的种种风波让我疲惫不堪……"

实话实说，我觉得莫奈的话有点夸张。我去过他家里好几次，我至少能肯定的是他家里的生活很宽裕！他们请了个专职保姆来照顾儿子让，我每次见到莫奈夫人的时候都看到她穿着不同的裙子，他们还请了一个园丁，我觉得还在他家见过一位厨娘！他还有什么好抱怨的呢？而且，我觉得他的画在画展上被挂得很好……那些画都显得更好看了，不过这也许是绘画的影响力吧？

散完步，我们就去城郊设有露天舞场的小咖啡馆了。"小水手"咖啡馆这周重新搭好了舞场。我妈妈非常喜爱跳舞，所以爸爸就没法拒绝她的要求了……我爸妈以前就是在一个这样有露天舞场的小咖啡馆相识的。那时候，妈妈是巴黎街上一个妇女服饰商店里的售货员，她趁周末的时候和女伴们一起来郊区跳

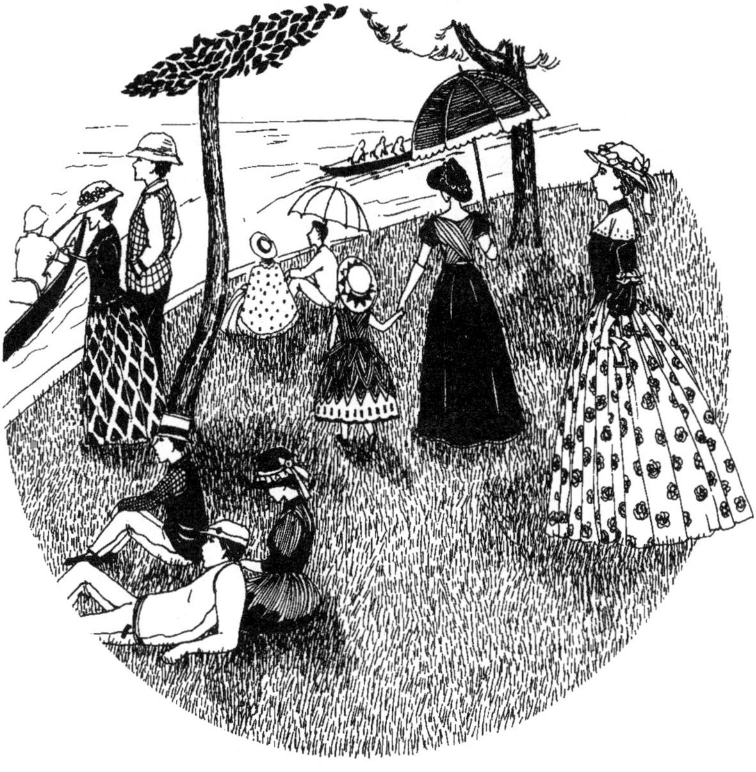

舞。而爸爸根本不喜欢跳舞，他正好那个周末去一个医学院的同学家。爸爸之所以请妈妈跳舞，完全是想要引起她的注意。"我唯一注意到的，是他不断地踩到我的脚。"每次爸爸讲起他们的相识时，妈妈都会这样回忆！

我也好想跳舞啊，可是，埃德蒙不在这儿……

6月6日

莫奈在家里办了一个很大的宴会！对于一个自称没什么钱的人来说……

我获准陪爸妈一起去。当然，我还被看作一个小孩子，所以不能和他们一起吃饭。我和乔治一起待在花园里。我们采了今年最早挂树上的樱桃，它们还是玫瑰色的，没有完全成熟，不过味道已经很好了！我们还在花园深处墙边那儿找到些树莓，它们就藏在吊钟海棠下面。现在，乔治的眼神可好了，他比谁都了解这个花园！

6月7日

今天有赛艇比赛！巴黎赛艇俱乐部宣称此次比赛是史上最大规模的蒸气赛艇赛！埃德蒙今早九点就过去转了一圈，之后他跑着回来告诉我们说河岸两边已经挤得人山人海了！

我们听后马上出门去占好位置了，丹妮丝给我们准备了些可以在草地上野餐的食物，可我们根本找不到地方！而且周围很吵！到处是汽笛声、加油声，女孩们尖声大笑，男孩们则忙着讲笑话……爸爸买了一份专门报道比赛的报纸，这样我们就对赛程多少有点了解了。其实，我喜欢的是看到河面上整天漂过各式各样的赛艇。这些船只，还有它们上面的烟囱像是在跳一场芭蕾舞一般，让人惊艳不已。

6月12日

亲爱的日记本，我想我今天经历了一件非常特别的事儿。我和玛尔特从韦尔东小姐家下课回家的路上（这段时间，我和玛尔特一直在练习几支四手联弹的曲子）从莫奈家门口经过。乔治正站在梯子上，忙着把一枝乱长的紫藤接到葡萄架上。他看到我就吹口哨示意我过去。玛尔特不想耽误时间，她急着回去（她得去忙姐姐的婚礼筹备）。于是我就一个人走进花园，我有点怕遇上莫奈夫人。我看到花园里有两位艺术家在忙着画画！我不敢靠近，生怕会打扰他们，不过他们看起来很放松。乔治告诉我说，他们一位是爱德华·马奈，我已经听过他的名字了；另一位是皮埃尔·奥古斯特·雷诺阿，他也是莫奈的朋友。马奈早就想在室外画画，他把他画中的人物安排在树下，今天他就到这里来以便能好好利用午后的光线。雷诺阿是后到的，他看到马奈在画，就忍不住问莫奈借了画布和画笔……

马奈走到雷诺阿的画架前，看了看雷诺阿的画后，对我眨眨眼说："这个孩子没有一点天赋！"

他在开玩笑吗？我觉得应该是吧……

6月15日

最近这段时间，我看到到处都有画家！只要天气好，我们小城附近的河岸就全被围住了，不单只是星期天哦，连平时都如此！有些划船爱好者下班后每天晚上都来这里训练。

今天下午，我在河边又遇到莫奈了。他把他那艘有工作室的船停泊在纤道附近。他看到我，就跟我挥手打招呼。他和一个年轻的朋友在一起，我觉得好像在画展开幕酒会上见过他。

"波丽娜！你认识我的朋友居斯塔夫吗？他可不止是个朋友，是个大好人！要知道，是他帮我把这艘船造好的！"

"哦，我只不过是给你出了点主意……我要走了，我得找个搭档。我要去游艇俱乐部那边逛逛，我应该能找到人的……"

"波丽娜，你觉得乔治会划船吗？"

"肯定会，乔治什么都会做！"

莫奈也同意我的话，他提出把乔治介绍给这个朋友。

我是对的，乔治确实会划船！我就待在那儿和丹妮丝、埃德蒙一起看他和居斯塔夫·卡耶博特一起划船。

还有好多人也在看他们划船：有一群女售货员（我认出她们来了，她们在"巴黎城"里面的针织品柜台工作）也停下脚步看他们。很明显，她们喜欢这两个划船的小伙子……听到她们这样议论乔治，我觉得不太舒服。埃德蒙在旁边笑了。

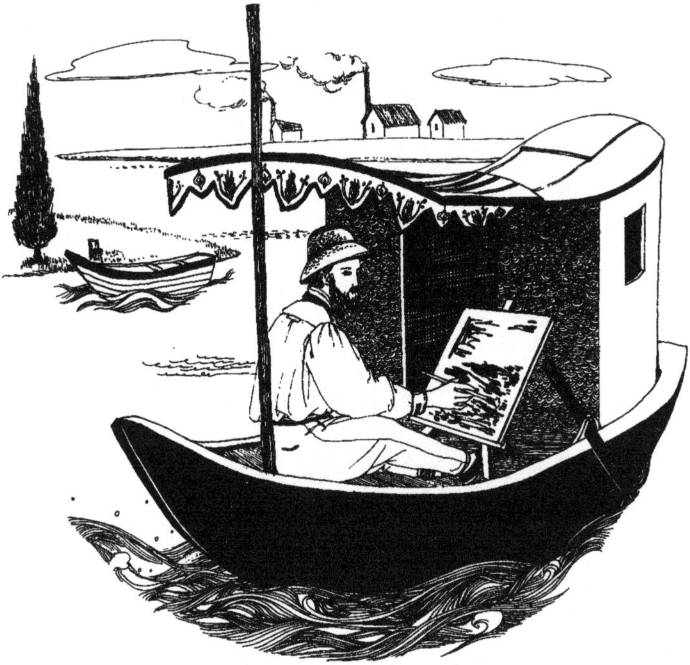

乔治划船的时候，看不出他的腿脚不便。我在河岸上看的时候，也忘记了。确实，他划船的时候很有魅力。

7月6日

明天是我的生日！

7月7日

我满15岁了！爸妈送给我一本很棒的书《绘画史》。这本书非常精美，里面收印了不少划时代的绘画作品。埃德蒙送了我一束黄玫瑰，希望这些花儿不要太快凋谢……

7月15日

还有一个月才放假……学校里的时间过得很慢很慢。天气很热，大伙儿都萎靡不振，一心盼着放假。玛尔特已经不来上课了：再过两周，便是她姐姐的婚礼，她得帮妈妈做事儿……我无聊死了，无聊死了……

7月24日

天气还是那么热。我从你这个本子上撕下一页凑合着当扇子用。

乔治每天都给我们带几篮水果来，丹妮丝有点不知所措。

"哎呀，你该把水果留在他们家！画家家里难道就没人来弄这些水果吗？我都不知道该怎么办了！我们这里有樱桃、红莓、黑茶藨子、醋栗，吃也吃不完！"

乔治带回来的还不止水果。他每周都给我们带来很漂亮的花束。这周，他就带来各种颜色的菖兰。他还告诉我莫奈画完了一幅新的《丁香花》。

"你知道，就是那幅你不喜欢的画。莫奈春末的时候又重新画了一幅，我刚才把两幅画放在一起看，真是激动人心。可以从中看到时光流逝。"

乔治是从什么时候变成诗人的？

8月13日

三天后我们就要去多维尔[①]了！终于等到了！要让

---
① 多维尔，法国城镇，位于卡尔瓦多斯省海滨城市。

我待在花园里看书，我肯定会觉得很烦闷。上课的时候，我什么都听不进去。修女们好像只满足于教我们那些陈旧的知识，而不愿教我们新时代所带来的东西……我到河边散步的时候，心里更加难受了：周围都是一群群的年轻人、一对对的情侣，只有我形单影只的。乔治下班时间越来越晚了。他除了在莫奈家干活以外，还负责打理周围几个邻居家的花园。我都不大见得到他。埃德蒙也去马赛工作了，只剩我一个人，孤孤单单的一个人。

8月17日

我真是太愚蠢了！昨天一天把我的箱子翻了个底朝天：我居然把日记本忘在家里了！我只能把日记记在信笺的活页纸上了！我总觉得是在给自己写信，这种感觉好奇怪。这次旅行很棒，这里比阿让特伊凉快，我们住在两年前曾经租住过的房子里面。这房子一点儿都没变。

8月24日

海边的日子总是过得特别快。白天,我在海滩上散步。我遇到一群和我年纪相仿的女孩,真希望和她们能成为朋友。

我常会思考自己近期的新发现。这次我随身带了《绘画史》(当然还有我喜欢的一些小说)。现在我开始有点明白乔治以及莫奈试图解释给我听的话了。要是弗拉芒人只满足于再现他们的前人之作的话,比如说意大利15世纪文艺复兴运动时期的作品,绘画就会走向僵化。因此,现在我们有了相机,已经可以做到完美地再现真实了,那么绘画怎么能和摄影竞争呢?莫奈和他的朋友们的确有理由将注意力转移到别的地方。不过,他们至少在一个方面可以与摄影这门新技术抗衡,那就是色彩!如果我对他们的话理解正确的话,他们的探索就是在色彩层面展开的！他们对现实主义不感兴趣，他们想要描绘的是一种感觉，一种印象。

总要有人打破陈规，建立新的规则，绘画（以及其他事物）才能发展。我现在也能理解埃德蒙欣赏印象派画家（大家都这么称呼他们，所以我也这么叫了）的原因了。埃德蒙最喜欢的是，这些艺术家动摇了现有的秩序。而我呢，像一只小绵羊一样，乖巧有余而敏锐不足，在看他们的画时都没能发现这些。现在想想，真为自己当时的表现而后悔！要是我现在去看这个展览，一定能更好地欣赏这些画！我应该请莫奈给我看看他最近的创作，因为我知道自己从今往后会用另一种眼光看这些画。

9月7日

爸爸忧心忡忡的。他买了一份报纸，然后看到上面写巴黎近郊遭受严重的雷暴雨。但愿我们花园里的树木和房子没受到雷电的影响。

9月12日

我们提前回家了。花园确实受到雷雨的影响,不过我爸妈还是松了口气,他们之前把情况设想得更糟糕……

我去找了乔治。尽管有雷暴雨,但他还是把莫奈一家的花园维护得很好。我把自己这段时间的反思都告诉他了,他承认我的话给他留下了深刻的印象!

不过,他也有些担心:奥布里·维莱夫人要收回莫奈一家住的房子,因此他们得在月底之前搬家。

"那他们还会待在阿让特伊吧?"

"会的,他们就搬到不远处的圣德尼大街2号……不过,莫奈现在又碰到金钱的问题了。我不知道他们将来还会不会雇我。"

"你的其他雇主呢?"

"不一样的,我只是每周到这些雇主家里工作几个小时而已,对我来说这远远不够。而且,这些雇主没有莫奈那么有趣!"

"你知道,我也在想莫奈把钱花在哪里了。我知道的也不多,不过我知道他太太的服饰很讲究,他儿子穿得也挺好;他们一家四处旅行,邀请很多人到家里……这些都得花钱,不是吗?"

"我也在想这件事情。莫奈花起钱来还真是大手大脚的,他总是花的比赚的多。我跟你说,他总是不停地问朋友借钱。比如说,向卡耶博特借(就是那个划船的人,你应该知道的),唉,我都不敢告诉你莫奈欠他多少钱了。还有,马奈,我就不多说了……"

9月24日

再过两周就到收获葡萄的季节了。看起来,今年是个好年份!不过我对这些可没兴趣,我不喜欢皮科洛酒（这是我们给阿让特伊出的葡萄酒取的名字）。

我现在就盼着早日开学……玛尔特会在接下来的几周内都跟我聊她姐姐的婚礼的……

10月2日

今早，开学啦！我回学校后。和我猜的一样，玛尔特张口闭口都在说她姐姐的婚礼！

我开始学英语！这跟我以前学的拉丁语不一样……

10月3日

钢琴课下课后，我在回家的途中顺路去看了看莫奈的新屋。之前乔治告诉我说这房子很易辨认：玫瑰色的墙面配着绿色的百叶窗！我想起几年前，我们周日散步时还会穿过一片片农田……而现在，火车站附近就只有房子了。我听到波尔街服饰店老板娘把这个区叫作"巴黎殖民地"，听起来像是责备的意思。不过，当这些新居民安顿好，变成她的顾客后，她就会很高兴的！

10月9日

昨天，利奥波德来家里找哥哥，他们两个要去巴黎过周末。我居然不知道他们两个已经和好了！

我有三个月没有见到利奥波德了。亲爱的日记本，要是我说我已经把他给忘了，和他再见面时我也没什么感觉，那么其实我是在撒谎。不过，我得承认，我觉得他没有我记忆中的样子好看了。他在留头发（埃德蒙对此还嘲笑了他，并问他是不是这样看起来有"艺术家"的样子）。我觉得他的头发看起来脏脏的。

我的日记本啊，我最惊讶的是，我觉得在这个下午之前，利奥波德都没有好好看过我。我是在楼梯上遇到他的，那时候我在帮妈妈和丹妮丝把李子放在大口瓶里。往常他见到我就是简单地打个招呼（在我看来是很敷衍的），而这次，他在我面前停留了很长时间，我脸都红了，因为我感觉到他从头到脚地打量我。也许我在这个夏天里"长大"了……

哥哥这个大笨蛋，他朝我很明显地眨了眨眼……这下子，我觉得自己的脸和牡丹花一样绯红！

过了一会儿，他们要出发去巴黎了，很可能就是从这家酒馆逛到那家酒馆。有人敲我的房门了，我立刻抓住一本数学书，装作在认真看书。

"请进！"我皱着眉、眼神有些焦躁，我要尽量表现得严肃点。

"我们打扰你了吗？"

"还行，我正在复习数学课的内容……"

"我在想……你对绘画是否还有兴趣?"

"嗯……当然有。不知道埃德蒙有没有告诉你,大家送了我一本《绘画史》,我希望能有机会和你聊聊呢,当然,如果你有时间的话……"

"只要你愿意的话,当然没问题。其实,我在想你愿不愿意当我的绘画模特。我正在构思一幅画,是关于古代场景的,我想也许你对此会有兴趣?"

我的呼吸都停止了,我想我手上的数学书都滑落到裙子上了……

"对,对,当然有兴趣……"

"好了吗?快要赶不上火车了!"

要是哥哥不那么着急就好了……

他们走了,而我再也不去想我的代数了……我要当利奥波德的模特了!!!将来我的画像会在博物馆中展出,或者被某一位收藏家收藏!就在几个月前,他还觉得我不够漂亮,没法当他的模特!

他和埃德蒙前脚刚走,我就立刻跑去把这个消息告诉妈妈。不过,由于我自己也不那么确定,她也就显得没有特别为我高兴。

"利奥波德请你做他的模特?可是,你知道你到时是穿衣服的吧?"

"他告诉我说是画一幅古代场景的画!我肯定会有蓬蓬裙的!"

"那最好不过。听着,波丽娜,我们去和爸爸说一下这件事,我真不知道这个主意好不好。"

"妈妈!是利奥波德,不是不认识的人!"

"我说了会和你爸爸商量的……"

我敢肯定,他们会找到很多借口阻止我去的。我得想个办法。这件事情,我还不能去寻求乔治的帮助,他讨厌利奥波德……

10月13日

我有办法啦!中午和玛尔特一起吃饭的时候,我把这事情告诉她了。她没怎么想就提议陪我一起去。

"要是我们两个一起去,你爸妈一定会同意的。"

"但你爸妈呢,你觉得他们会同意你和我两个人独自去巴黎?"

"你妈妈不能陪我们去吗?"

"不能,如果你妈妈或者我妈妈陪我们去的话,事情会搞砸了的!今晚我回去就问父母,如果你陪我去他们同不同意……"

晚上吃饭的时候,我抢在他们开口前说:"我知道你们不愿让我一个人去巴黎,这我能理解。不过,玛尔特的母亲同意我和玛尔特一块儿去……我们两个都满15岁了!而且,每隔20分钟就有一班火车了!假如我们周六去的话,我觉得是没有什么问题的!"

爸爸妈妈在同意之前互相交换了下眼神!不过,我亲爱的日记本,这可不是因为我所说的理由……妈妈说服埃德蒙陪我们一块儿去!我早该想到了。哥哥整个下午都会陪在我们身边,他还要负责把我们送上回家的火车,之后他才能去找他的朋友们玩。

这周六，妈妈会送我们到火车站，埃德蒙则直接在车站同我们汇合，乔治下午做完莫奈家的活儿之后就会来车站接我们（莫奈家住在火车站对面，尽管他们手头不宽裕，但还是把乔治留了下来）。

10月15日

我每天都在数着时间过……45小时之后，我们将会置身于利奥波德的画室里啦！

10月16日

我和玛尔特放学后去逛了帕雅妮衣帽店。我主要是想去找找有没有和我的绿裙子相配的花边（我让丹妮丝明天中午帮我准备好这条裙子），玛尔特则是想去翻翻那里的杂志，看看有什么新的发型可以参照。看到店里的衣物配饰，我们俩都放心了，我们与巴黎的时尚同步哦！这可是我第一次在没有父母的陪同下去巴黎！

10月17日

亲爱的日记本，我都不知道该从哪里开始讲今天发生的事情。真是太不堪了。我被罚禁止弹琴、听音乐会、和乔治或玛尔特去散步，直到他们有新的决定为止。

其实，开始的时候都还好。

昨晚，我兴奋得睡不着，于是就对着镜子练习怎么摆好姿势给利奥波德当模特。尽管我睡得很少，可还是一大早就醒了，满心欢喜。

我和玛尔特在火车站见面了。她之前没告诉我会戴她那顶紫红色的帽子，我顿时觉得自己看起来就像一个没长大的小姑娘似的，特别是还把头发编成了辫子。

她的妈妈一直都在叮嘱她注意这个、小心那样的，和我妈妈一路上跟我说的话一模一样。埃德蒙直到最后一刻才赶到车站，和往常一样，我还以为他肯定会连累我们错过这班火车……

我们终于上到车厢里了。我们的座位在二等车厢。我已经告诉妈妈其实我们可以坐三等车厢的位置的（因为价钱更便宜），可她不愿意我们单独乘车的时候还坐三等车厢（照她的话说是"不知道会发生什么事"）。

妈妈们看我们的眼神好像我们将要出发奔赴世界的尽头一样……

旅程很短。

火车进站的时候，埃德蒙把我拉到一边，他从外

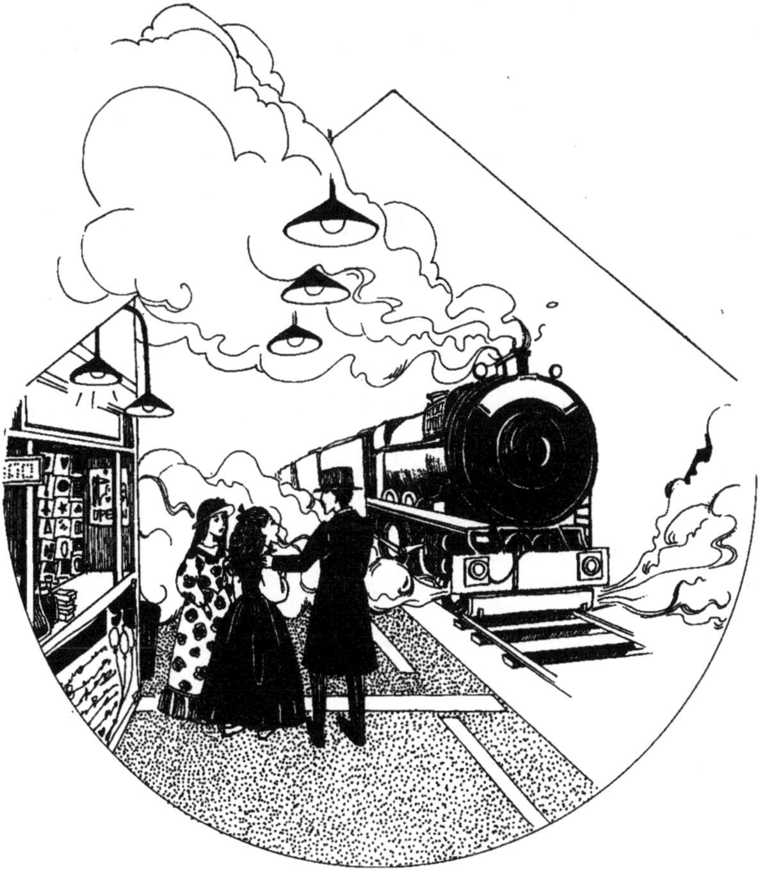

套的口袋里掏出一张地图,上面标注出从火车站到利奥波德画室的路线。

"波丽娜,我应该早点告诉你我不能陪你们去画室了。我有个会要开,我不能迟到,因为我得第一个发言。"

哥哥很少会这么严肃地同我说话,我只能听从他的安排。我接过他递过来的图纸,惊讶得什么话也说不出来。

"还有最后一件事情,波丽娜。你自己一定要小心,千万不要单独和利奥波德待在一起,好吗?我和利奥波德是好朋友,可是我不喜欢他上次看你的眼神……"

尽管我不太明白,可我的脸刷地红到耳朵根了。

站台上,哥哥在走之前跟我道了个别。玛尔特没有听到我们刚才的谈话,她有点害怕。我把哥哥画给我们的路线图给她看了,并告诉她我们得自己去画室了。我尽量表现得很有把握,玛尔特也就安静下来了。可当我们朝出口方向走去的时候,我发现根本不知道该往哪个方向走!

我们一出火车站就迷路了!当然,尽管我们不愿意承认迷路了,可也不能妄自尊大!广场上人来人往,我们向街边一位卖人造花的老板娘问路。我们走错了出口。她从地图上指给我们看怎么走到画室。

我们终于到利奥波德的画室啦!这一次,埃德蒙的地图可帮上我们大忙了!利奥波德生活和工作的地方位于新雅典区,这是个时髦的街区,据说好多艺术家聚居在此(我觉得我们并没有遇到什么艺术家,也许是我不认识这些人吧)。我们正要按响门铃的时候,玛尔特突然有些羞怯和局促不安!

"你觉得这样不会打搅他?他毕竟不知道我也会来……我可以自己去逛街,去大商店里看看?或者在外面等你?我们刚才路过一个广场……"

"你疯了吗?你怎么可以一个人待在外面?你妈妈是怎么说的?来吧,你就待在里面的一个角落里,我们还可以说说话,我想给画家当模特可不是件轻松的事儿。"

就在这个时候,利奥波德给我们开了门,我都没时间把话说完。

"我好像听到有人在说话！你好啊，波丽娜！哦，你不是一个人来的……"

"我可以走的，要是你们需要的话……"

我狠狠地瞪了玛尔特一眼。

"没问题的，该怎么称呼这位小姐呢？"

"玛尔特。"

我们走进画室。与莫奈的画室相比，里面没什么东西可看。还有就是，莫奈家里其实并没有专门的画室，只要有东西激发他的灵感，他就把画架支在这东西面前开始画画。利奥波德的画室里有玻璃天棚，很漂亮。他注意到我们到处观望，便提出带我们参观一下画室，可我们最后还是不敢。不过，我提出想看看他已经完成的画。就在我们脱外套的时候，利奥波德从那些画面对着墙放的画中找出一些来给我们看。我迫不及待地想看（很久以来我一直想看他画的东西），可我感到非常失望。他就是从弗朗德勒绘画大师那里借鉴了明暗对比的画法，还说不能理解印象派画家草图般的绘画……我觉得他的构图很平庸，配色不协调，所选择的绘画主题早已存在（甚至早就有画得更好的画了)。也许，我在看他的画之前不应该读《绘画史》？我极力掩饰住内心的失望，这还得归功于玛尔特，她不断发出欣喜的尖叫。

"啊，这个瀑布真有诗意啊，我们都可以感觉到水花溅在我们身上了……"（她是从哪里找来这些话的？）

利奥波德看了我们两个一眼，之后，他的眼睛便停留在玛尔特身上。我突然觉得自己好像透明人一样不存在了……我早该察觉到了……

"我突然有个新的想法。波丽娜，我之前跟你讲过我要画一幅古代场景的油画。现在，我觉得你的朋友玛尔特比你更适合当这幅画的模特……"

幸好，不远处有张小板凳。这样我还能坐下，止住漫上眼眶的泪水。玛尔特丝毫没有尴尬的神色。利奥波德还在试着跟我解释的时候，她就已经走到屏风后面开始准备了。

"波丽娜，你明白吗，其实红发模特是很少见的。我可以让你当我另一幅画的模特，不过就现在这幅画而言，玛尔特更加合适，你明白我的意思吗？"

我只好假装明白。等我抬起头来的时候，居然看到玛尔特已经站在利奥波德面前了,她赤身裸体,身上只裹了一条白色床单。她怎么可以接受这种装扮呢?几分钟前,她还扭扭捏捏的啊!

利奥波德把她安顿在一个角落里,然后动手摆放她的手臂、腿脚、脖子,而她居然也就随他怎么摆弄!我以前看到莫奈夫人给她丈夫的画家朋友们当模特时,没有任何一位画家会这样碰她!而且,她还是穿着衣服的呢!

利奥波德开始画一些粗线条来勾勒她的轮廓。我坐在小板凳上看他画了一会儿(这段时间对我而言过得特别漫长),我觉得疲惫极了。于是,我慢慢靠近利奥波德,想要近距离地看他画画,可他马上就说我妨碍他了。我只好走到玛尔特那边去,尽管她得保持姿势一动都不能动,可她看起来丝毫不觉得时间过得太慢。

"你不觉得有点无聊吗,你确定?"(我悄声对她说,可利奥波德马上就低声埋怨我,我明白自己最好闭嘴。)

玛尔特朝我笑了笑,可这也让利奥波德不高兴。

"您刚才动了一下啦!"

这样过了几分钟之后,我决定出去转转。我穿上外套，对玛尔特说直接在火车站见，然后一起乘下午五点半的火车回去。我还和她约好在站台前花店老板娘那里碰面。

"我会去那儿的！"

利奥波德连再见都没有对我说。太没礼貌了！

一出门，我就发现其实这幢建筑物也没有我想象的那么好看。房子确实很新，可是上面已经有裂纹啦。

我走到教堂前面的小广场上坐了下来。我一坐到长椅上，泪水便决堤而出。利奥波德的所作所为侮辱了我，玛尔特也根本没有帮我，甚至都没有支持我一下。我以前怎么会把她当作我最好的朋友呢？我怎么居然会欣赏利奥波德，还承认自己爱上他了呢？他是如此的放肆无礼、粗鄙不堪，根本没有什么品位，还诋毁他根本不知道的事物，而且他还欠缺好奇心……

我慢慢地觉得有点无聊。等着乘火车的这段时间该干什么呢？我朝一条宽阔的大道走过去，那里好像有很多出租马车和来来往往的行人。我就这样走啊走，看看商店的橱窗，想问路又有些不敢，我怕遇到坏人又怕迷路。我的鞋子（我今天穿了周日才穿的那双鞋）开始磨脚了。可我没法这样把鞋脱掉揉揉脚啊！我好歹终于回到了火车站，就这样等着时间慢慢过去。

天下起雨来，真糟糕。我把伞忘在利奥波德那里了，我不愿意折回去拿伞，只好在那些撑着伞的行人中穿行。我的背脊不时被别人的伞戳到，脖子里也时不时地漏进些雨水，当我到达车站的时候，全身都湿透了。

等我身上的衣服干了之后，我就坐在花店老板娘旁边。她肯定觉得我很可怜，她还递给我一块手帕、一小把花儿，还有她从兜里翻出来的小糖果……

5点10分了，玛尔特还没到。我紧盯着车站大钟，看时间一分一秒地流逝，玛尔特还是没来。5点25分，老板娘看到我越来越着急了，便问我有什么事情。我告诉她说："我和朋友约好时间的，我们一起乘火车回去，我们的父母还在那边车站等着接我们呢……"

"你们去哪儿呢？"

"阿让特伊。"

"一刻钟后还有一班火车的，再等会儿……"

我想要是我们的妈妈在车站等我们的话（当然还

有乔治），我们可以说是火车晚点了……

可是，直到5点50分，玛尔特都还没有来。我又犹豫了，可我对自己说不能丢下她一个人。就在我快要改变主意的时候（已经快到六点半了），玛尔特终于来了，她头发蓬乱，气喘吁吁的。

"你终于来了！你的帽子呢？你把它忘在利奥波德那里了？"

"对不起……算了，我们上车吧？"

我匆忙和老板娘打了个招呼并谢了谢她，然后我们赶紧上了车。一路上，我们的话比来时少多了。我在等玛尔特向我道歉，并向我解释一下为什么她迟到那么久。可她摆出一副完全沉浸在刚才的样子，还从包里拿出一本书来。我敢打赌她只是装作在读书而已，因为她根本就没翻一页书。快要到阿让特伊时，我开口说话了：

"我们怎么跟爸妈交代？"

"我不知道。我们没留意到时间这么快就过去了？"

"你说得轻巧！"

"你嫉妒了，对吧？"

"根本没有!"

我们还没来得及解决好我们之间的问题,火车就到阿让特伊了。我们一眼就看到乔治、我们的妈妈还有我们的爸爸(他们之前没说要来)等在站台上。我俩前脚刚踏上站台,他们就对我们发火了。

"波丽娜!真是不能相信你!"(妈妈这么说。)

"玛尔特!你的帽子呢?你们两个遇到什么事儿了?你们知道我们有多担心吗?"

这个时候,只有乔治在努力让大家平静下来。

"最重要的是,她们俩平安回来了,不是吗?维戈先生,您也说过,那个街区的路况比较复杂,我们很容易迷路的。"

"是的,确实如此!那边的路转来转去的……而且我们也不能随便拉个人问路啊……"

"年轻人,你掺和什么啊?你是谁?"玛尔特的妈妈大声说道。

乔治立刻不说话了,他后来再没出过声。

"为什么波丽娜好像全身都湿透了,可你却没有呢,玛尔特?"

爸爸真该去当警察。我应该实话实说,可是面对玛尔特的父母,我却不敢开口说。也不是不想说,就是……

从火车站到家的路上,谁都没有说话,气氛很僵,这感觉和我们乘回程的火车时一样。进家门之后,爸妈帮我脱下湿漉漉的外套,他们发现我冷得浑身发抖,于是生气地说:"你得接受惩罚,什么时候结束还不知道。上楼回你的房间去。丹妮丝会给你端一碗热汤。我们明天再谈谈今天的事情。"

现在,我就被惩罚了!这些都拜那个虚情假意的朋友玛尔特所赐!我讨厌她和利奥波德!

10月18日

我躺在床上爬不起来。除了被惩罚之外,我生病了。爸爸说,我至少得休息一周。我安慰自己说,这样就不用在学校见到玛尔特了。

谁知道呢,也许葡萄收获季节的庆祝活动会医治好我的病痛吧?

10月20日

我还在生病。头疼得嗡嗡作响。

我还在被惩罚,今年我不得去参加葡萄收获季节的庆祝活动。丹妮丝给我送了些汤水上来。玛尔特那边没有一丁点消息,她都没来我家看看为什么我没去上学。特别是我还是因为她才被罚的!

周日爸妈到我房间来的时候,就开始问我:到底发生了什么事情?为什么我不想说?怎么跟他们解释说利奥波德看到玛尔特之后,就不要我而选她当模特了呢?他们能理解这对我来说是个奇耻大辱吗?我觉得他们不会明白的,而我现在根本没准备好跟他们谈这件事。

10月21日

夜里,我醒来时突然想到以后埃德蒙见到利奥波德时肯定会告诉他我的情况,不禁浑身冒汗。利奥波德这个粗人(我不想再写他的名字了,他根本不配。我真想把写过他的这本日记本都给烧了……)肯定会得意洋洋地告诉哥哥那天发生的事情!我得在他讲之前把实情告诉哥哥,可现在哥哥又不在家。他去北方考察煤矿工人的生活状况去了。

10月23日

埃德蒙终于回来了!尽管我还在受罚(我被禁止

出房门，除了丹妮丝之外谁都不许见），我还是跟哥哥说上话了。我把一切都告诉他了。

"我的小笨蛋……你没把玛尔特的所作所为告诉她父母真是太客气了……你知道吗，她告诉她爸妈我把你们两个丢在站台不管了？"

"啊！爸爸知道这件事啦？"

"当然……不过，从另一方面来说，这样也好。我们两个谈了很久，我也没什么好遮掩的。我们的意见不一致，但我们都是成年人，他除了接受我的观点之外别无他法……我们接着说你那朋友，她让你受了那么大的侮辱，要是你那时说出实情，没人会责备你的……"

"你说得轻松！你了解爸爸这个人的，不管怎么样，我还是会被惩罚的，到时就会责怪我没和玛尔特在一起！你会见到利奥波德吗？"

"可能明天吧，我们会去咖啡馆……"

"好吧，你不用代我向他问好！"

"哦……你现在不喜欢他了？"

"我从来没有喜欢过他！特别是现在，我看了他画的画之后！坦率地说，我以为他会画得更好！你看过他的画了吗？"

"看过几幅……你知道，我对绘画……"

"埃德蒙，他画的东西真丑！他就只会瞎嚷嚷，根本毫无创意，他整天贬低莫奈及其朋友的画作不够细腻，可他画得远不如他们！"

"我才不管他画得怎么样呢，我和他玩得还不错！"

"我上周可一点儿都不好玩！他真讨厌！我想你们有过争执吧？"

妈妈肯定有第六感，她没敲门就进来了。

"埃德蒙！你到妹妹的房间里来干吗！她正在受罚！"

"已经一周了……她有足够的时间反省了，你觉得不是吗？"

"从什么时候开始由你替代我做决定了呢？"

埃德蒙明白妈妈的意思了，他走了出去。妈妈盯着我看了一会儿。我的双颊滚烫。我在想她是否听到我们的谈话内容了。不过，对我的惩罚终于停止了！

丹妮丝看到我来到厨房就笑了。她指给我看一大束鲜花。

"这是乔治让我转给你的花。这是今年最后盛开的玫瑰了。我没法把花拿到你的房间去，你妈妈会把它们没收的……"

乔治……总是那么贴心。无论是对利奥波德的评价还是对绘画的看法，都是他说得有道理。

10月25日

我终于能够和爸妈一起出门散步了。我希望经过河边时可以碰到在船上画画的莫奈，可惜和爸妈散步时，我只看到小船孤零零地停在岸边，上面空无一人。

明天，我得回学校上课了。我该怎么原谅玛尔特呢？我必须得原谅她，因为我们上课时是同桌啊……

10月26日

今天真是可怕的一天。我和玛尔特当着大伙儿的面吵了起来！这一次，我们两个彻底吵翻了。我一想到她根本就不问问我为什么上周没来上课就生气！而且，她根本没想过要向我道歉，也没想过承认我之所以被惩罚全是拜她所赐（其实她是知道我被父母惩罚了的！）。不过，淑女应该要大气些。不去计较她的言行！

10月27日

这一周可真漫长啊……我没想到没有朋友，确切地说是没有好朋友会如此难受。其他的女孩子们都已经凑成堆了，我也不想去乞求她们的友谊……

❀

10月28日

丹妮丝做了些煎面包！她知道我爱吃这个，她最近都很宠我……乔治回来得也比往常要早，外面雨下得很大，他没法在花园里工作。我们一起分享最后一片煎面包！

"我还没有跟你说谢谢……"

"没什么，这很平常。你不想告诉我那次发生了什么事吗？"

"跟你说当然没问题……"

我把一切都告诉了他。只有对他（还有对埃德蒙）我可以毫无负担地说话。

"你走得很对，波丽娜。我本不该这么说的，可这个利奥波德真是个坏蛋。你知道吗？他从来不和我打招呼！要知道这5年多来他可是常来这儿的！我对他而言是毫无价值的！"

我以前真是有眼无珠，乔治一开始就是对的。

10月30日

玛尔特没有前几天那么骄傲了。她试着跟我说话。可我还没做好原谅她的准备。

11月3日

我今天去莫奈家玩。他们的花园可真大啊！我进门的时候，莫奈正在跟乔治说他希望把花园布置成什么样子。要是他的想法都能实现的话，花园一年四季都会很美的！现在的首要任务便是清理地上的落叶，现在可是秋天啊，然后再修剪那些花草树木……

对于那些划船爱好者来说，属于他们的季节也过去了。城市变得空空荡荡，帆船也没了踪影……

11月4日

哥哥被警察抓走了。具体情况我也不知道。爸妈悄声商量着什么。妈妈哭了。出了什么事？

11月10日

埃德蒙回家了！我终于把他给盼回来了……我的

理解是他常和一些危险的无政府主义者有往来，这次就是和他们一起被捕的。他拒绝跟我讲更多的内容。现在，他唯一说的便是想要远离此地的意愿。他到底碰到什么事了呢？

11月12日

这段时间到底怎么了？一切都不对劲。昨天，埃德蒙正式告诉爸妈他月底便会乘船去交趾支那①，他的一个朋友帮他在那边的管理机构里谋了一个职位。据他所说，这份机关小职员的工作让他有足够的时间撰写报道，他打算定期把一些报道殖民地工作、生活状况的文章寄回来。爸爸觉得这是个好主意，可妈妈什么都没说。

"你就不能再晚几天出发吗？你不想一个人独自

---
① 交趾支那，现越南南部。

在轮船上过圣诞节吧？"

"妈妈……你知道我不喜欢圣诞节……"

妈妈叹了口气。我好想哭，什么时候才可以再见到哥哥呢？

我刚才说最近一切都不好，还因为玛尔特已经好几天都没来学校上课了。我之所以没写日记，是因为这几天真的很为埃德蒙担心。我去了玛尔特家里，向她爸妈打听她的消息，可她妈妈根本不想和我说什么！

发生什么事了？她不会也要去交趾支那吧！

11月13日

玛尔特现在在伦敦！不知道她怎么会想到去那

儿的。这个消息是她妈妈告诉我妈妈的。我还在这里为她担心，还设想了最坏的情况（譬如得了重病什么的）……我真是太傻了。

11月17日

塞纳河边再也碰不到其他的散步者了。我是和埃德蒙一起去走走的，他已经开始收拾行李了，他迫不及待地想要离开这里。

"你就一点儿也不害怕吗？"

"多少有一点儿！可我更盼着早点去那边。"

"那里有不少疾病吧？还有些凶残的野兽吧？"

"肯定有些和我们这里不同的疾病。至于动物嘛，你别担心，我可不打算一个人去热带丛林里探险！看，你看见了吗？那边在造一个新工厂！"

"要是他们再这么造下去，这儿就完全变成城市了！你看见水的颜色了吗？现在都是栗色的了！还有这个味道，闻起来像什么？"

"是现代化的味道，波丽娜，这就是进步！"

"哎呀，快看看这是谁啊！"

莫奈背着画架朝我们走过来了。我有好长一段时间都没见到他了。

"波丽娜，你不喜欢进步吗？"

"不是的，先生。我不喜欢的是这些工厂、这些气味，还有那些浓烟。照这样的速度发展下去，这儿就只有这些啦！"

"确实啊！你说得对。只要自然与进步共存，我就留在这儿。要是乡村被那些工厂所替代了，我就只好离开这里了。"

你看，大家都走了，或者说都想要走了。要是莫奈离开这里，他会把乔治也带走吗？也许吧。那样的话，我就彻底变成孤家寡人了，哥哥也不在身边，朋友也没有了，乔治……也走了。我越来越想念他了。

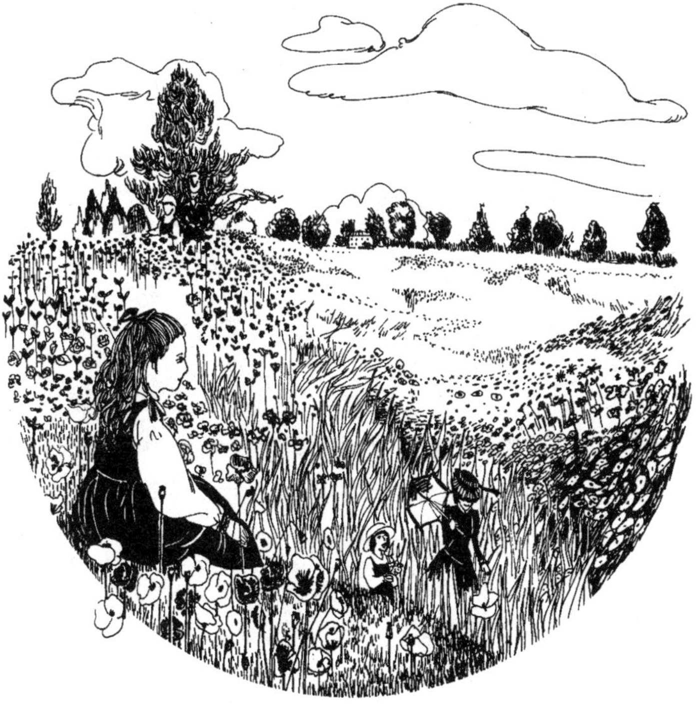

要是以后见不到他我该怎么办呢。我很喜欢他送给我的花儿，也很喜欢他的细致、体贴。

11月21日

我收到玛尔特的信了！我还以为她在伦敦，可她在信里告诉我说她在瑞士，住在一个表兄家里（她以前可从来没跟我提过他们呢）。过几个月她就会回来了。她还为对我所做的一切向我道歉（终于！），并承诺说回来的时候会向我解释……她在信中写道："利奥波德并非你所想象的那样，波丽娜，他是个唯利是图的人。有时候，我在想要是从未遇见他就好了。"我不在利奥波德的画室期间发生了什么事儿呢？

11月23日

我把玛尔特给我写信的事情告诉乔治了。他好像很尴尬的样子。

"这跟我想的一样。这个利奥波德就是个下流胚子。对不起,波丽娜,可我找不到其他词来形容他了。他奸污了你的朋友,这就是那天发生的事情。"

"你的意思是说……?"

"是的。她必须得离开这里,因为她怀孕了。"

"啊,天哪,乔治!你想想,要是那天我一个人跟他待在一起会怎么样啊?"

"要是只有你们两人的话,你爸妈绝对不会同意你去的!假如是那样的话,我一定会陪你去的,相信我!"

"你会陪在我身边的,对吧?"

"肯定会！"

我的脸红了，我不知道手脚该怎么放。乔治拉着我的手。他的手也在抖。我好不容易下定决心抬起头来看着他，也不知道我怎么了，居然吻了他。我平时绝对不会这么大胆的。

初吻过后，我渐渐恢复了平静，于是想道："玛尔特的事情是我的错，我不该让她一个人和他待在一起。就是这个原因，她才不愿意和我说话的！"

"够了，波丽娜！你难道没有告诉过我说她在回来的火车上很得意吗？她心里很清楚，你很想当利奥波德的模特，她抢了你的位置，这一点你也别忘了！她也许是你的朋友，不过她也是个多嘴多舌的傻大姐！"

我不想和他吵，我更想用一个吻堵住他的嘴。

11月29日

埃德蒙今晚动身去马赛了。他向我保证说无论如何每周都会给我写信。妈妈已经没有眼泪了。爸爸假装不在意，可却有些坐立不安。他亲自检查了埃德蒙的急救箱。他把自己最漂亮的烟袋送给哥哥了，还把一条领带和祖父传下的一些袖口纽扣也给了哥哥……

至于我呢，不知道该送点什么给埃德蒙。他不停地重申什么都不需要了，行李已经够多了。

我受不了离别的氛围。

（几小时之后。）我想到啦！就是你了，亲爱的日记本，我要把你送给埃德蒙。我知道现在我不会重新读你里面的内容的。我更想把你托付给哥哥。我也不知道什么时候才能见到他，但是我想我把你交到可靠的人手中了。

随着时间的推移，埃德蒙的生活会变，我的亦是如此。

想到把日记送给他，我的心就安定些，我敢肯定，他只要带上我的日记本，就不会遇到什么难事儿。上帝啊，我可真够迷信的！

我从莫奈家回来的路上有这个想法的。

我本想去找乔治，告诉他埃德蒙要走了。他不在花园里，我只好按门铃了。给我开门的就是画家本人。

"乔治在花园最里面，你没找到他吗？他应该是被榛树给遮住了……"

他跟我说话的时候，我看到房间里面放着那幅我见过两次的虞美人画。然后我却仿佛觉得是第一次发现这幅画一样。难道因为现在是冬天了，我特别想念夏天的感觉吗？我也说不清，可这些红色的一点点，这些伸手就几乎可以触碰到的摆动着的长叶子，无精打采的小男孩和他身旁的妈妈（画中的是小让和莫奈夫人），下午接近傍晚的热浪，都一一跃入我的眼前。

当我把这些感觉告诉莫奈的时候,他的脸庞亮了起来。

"很少有人把这幅画讲得那么好,波丽娜……你的话让我觉得很感动,可更让我高兴的是,我觉得自我们认识以来,你现在已经懂得怎么看画了……"

他说得对:我到现在也不会画画,可是我会看画啦。

想知道更多

奥赛博物馆馆长

美术学院通讯成员

西尔维·帕坦

画家与作家朋友眼中的莫奈

这本书的作者克拉拉·布洛向我们展现了莫奈……这里，和莫奈生活在同时代的几位朋友也给我们描绘了他们眼中的莫奈。

画家巴齐耶[①]眼中的莫奈

我们决定每年租用一个宽敞的画室，并按照我们想展出的作品数量来布展。我们将会邀请一些我们喜欢的画家来参展……有这些人和比他们所有人都更厉害的莫奈，我们肯定会成功的。您等着看吧，到时候

---
① 弗雷德里克·巴齐耶（1841—1870），法国画家，印象派先驱之一。

肯定会有很多人议论我们的……

> 1867年4月，弗雷德里克·巴齐耶
> 在给母亲的信件中如是说

画家西涅克[①] 眼中的莫奈

亲爱的大师：

任何一幅莫奈的画都能让我感动，我总是能够从中受益。在我感到失望、受到质疑的时候，每一幅莫奈的画都能成为我的知己、我的明灯。

这组"威尼斯"系列绘画比以往的作品更美、更有力量。画中的一切都与您想要表达的意愿一致，没有任何一个细节与画中的情绪不符……我把这组画视作最能代表您的艺术成就的作品。

亲爱的大师，我在此向您致以诚挚的钦佩与崇高的敬意。

保罗·西涅克

1912年5月31日

[①] 保罗·西涅克（1863—1935），法国画家，新印象派、点彩派创始人之一。

作家莫泊桑眼中的莫奈

工作时的莫奈

1880年那会儿,莫奈常到诺曼底海边画画,他在那儿遇见常住在埃特勒塔①的莫泊桑。作家看到画家如何作画,如何根据19世纪90年代所说的创作"系列"绘画的方法步骤来处理他的某一绘画主题。

"去年……我经常跟随克洛德·莫奈四处找寻有感觉的地方。其实,他已不止是一位画家,他还是一位猎人。他出去画画时都会带着孩子们,他们帮他背着五六幅画布,上面是同一主题在不同时段呈现不同效果的景象。他根据天空的变化,时而拿起几幅画描上几笔,时而又把它们放下,他就这样轮换着作画。画家面对他要画的主题时,静静等待、守候着,光和影一有变化,他就用画笔迅速添几笔,如太阳慢慢落山,或是云朵从天上飘过,他根本不受临摹和惯常画法的限制,总是快速、直接地在画布上下笔。"

居伊·德·莫泊桑

《一位风景画家的生活(埃特勒塔,九月)》

1886年9月28日

---

① 埃特勒塔,法国城镇,位于滨海塞纳省。

诗人马拉美眼中的莫奈

莫奈先生，无论冬夏

其视野都不会骗人

他住在他画中的吉维尼

就是坐落在厄尔省韦尔农镇附近的地方。

斯特芳·马拉美《画风精细的四行诗》(1890年）

克列孟梭眼中的莫奈

"我见到莫奈在他院子里那片虞美人前面支起四幅画架，画中的色调随着阳光的变化而不断变化。我觉得他更注重对光线的仔细揣摩。在不停改变的光线的映衬下，画中的主题就显得凝固不变了。这种演变过程表明一种新的观察、感觉、表现的方式，简而言之，这是一种革命。在我们对事物的感知与表现的历史上，这片边上长了三棵杨树的虞美人花丛具有划时代的意义。"

克列孟梭《大教堂的革命》

刊于1895年5月20日《公平报》

收入《克洛德·莫奈传》

书信中的莫奈

克洛德·莫奈在近六十年的时间里一直不曾放下画笔。他在与友人的书信中也不断讲述自己的艺术观。今天,这些信件让我们更好地走近莫奈,了解他的绘画历程。作为印象派画家,莫奈慢慢开始画"系列绘画",直到后来成功创作出《睡莲》系列画作。

莫奈与绘画

"简而言之,一旦我失去了时刻萦绕在心、不断折磨我的绘画,那我将会难过死的。我不知道自己该何去何从;也许某天我相信会有杰作,但这根本算不上什么;我努力,尽管毫无进展,我依然在努力。我觉得我在追求不可能。可是我仍然充满力量。"

摘自莫奈写给爱丽丝·奥施黛的信件(1888年2月5日,写于昂蒂布角)

莫奈与《麦草垛》系列绘画作品

"我执意要画一组效果各异的画(关于麦草垛的

画);我越画,越发觉需要花很多功夫来呈现我的发现——'即时性'。"

摘自莫奈写给居斯塔夫·热弗鲁瓦[①]的信件,
1890年10月7日

莫奈与鲁昂的《大教堂》系列绘画作品

"我努力着,工作着,随着时光的转变,放下、又拿起我的画布作画。"

摘自莫奈写给爱丽丝·莫奈的信件,(1893年3月16日,写于鲁昂)

莫奈与自然

"我要到乡下去,那里是如此美丽,我甚至觉得乡下的冬天比夏天还要舒适……"

摘自莫奈写给弗雷德里克·巴齐耶的信件,
(1868年12月,写于埃特勒塔)

---

① 热弗鲁瓦(1855—1926),法国作家。

莫奈与大海

年幼的奥斯卡·克洛德·莫奈生于巴黎,六岁时随家人移居勒阿弗尔港。诺曼底海岸成为他最初的记忆,深深地烙在脑海中。因此,他对大海一直有着独特的情感:

"……两天以来,您心里、眼里只有大海之美,可这得需要怎样的天分才能把它呈现出来,真是快要把人逼疯了。这里,随处可见与大海相连接的悬崖。"

摘自莫奈写给爱丽丝·奥施黛的信件,(1883年2月3日,写于埃特勒塔)

"大海,可以说是我常用的元素……"

摘自莫奈写给爱丽丝·奥施黛的信件,(1884年3月3日,写于博尔迪盖雷[①])

莫奈与吉维尼

画家莫奈在距离塞纳河不远处发现吉维尼小镇时,即刻告诉他的画商说:

---

① 博尔迪盖雷是意大利著名海水浴疗养胜地。

"……在这里安顿好之后,我希望能画出一些好作品来,我很喜欢这个地方……"

摘自莫奈写给保罗·迪朗·吕埃尔的信件,1883年4月15日

莫奈与花园和花卉

莫奈在吉维尼家中的书房里收集了不少园艺杂志,他本人是这些杂志的忠实读者。莫奈悉心照料他那被奥克塔夫·米尔博[①]称作"四季开满鲜花的花园",并让人对那条著名的、两边栽种着鸢尾花的小路印象深刻。之后,他便开始考虑要在园中挖个池塘,再养些睡莲。莫奈置身于"水中花与地之花"间,眼前是一片茂盛的植物,他不想再画静物了,他感觉不到这样创作的必要性。据普鲁斯特在1907年的分析,吉维尼花园"如同一幅生动的草图,至少是一个已经仔细调好色的调色板,所有颜色都已协调呈现";花园"在大画家眼中,俨然是一幅由大自然完成的画"(引自马塞

---

① 奥克塔夫·米尔博(1848—1917),法国艺术评论家。

尔·普鲁斯特于1907年6月15日发表在《费加罗报》上的《诺阿耶伯爵夫人的赞叹》一文）。

莫奈谈《睡莲》系列绘画

"您知道，我全身心投入手上的工作。水中的风景与水面的光影是我眼前挥之不去的画面。我老了，确实有点力不从心了，可我还是想尽力表现我所感觉到的一切……"

摘自莫奈写给热弗鲁瓦的信件，
1908年8月11日

莫奈的大事年表

1840年：11月4日在巴黎出生。

约1845年：莫奈一家迁往勒阿弗尔港；莫奈在1856年至1859年间跟随布丹[1]学画。

1862年至1863年：在诺曼底海边结识了戎金[2]；在巴黎格莱尔的画室里与巴齐耶、雷诺阿、西斯莱等人相识。

1867年：与卡米耶·东西厄（她是莫奈的妻子兼模特，于1870年结婚）的长子让出生了。

1870年至1871年：普法战争期间，莫奈先赴伦敦避战，之后又去了荷兰。

1871年：艺术家莫奈于12月来到法国的阿让特伊镇安顿下来。

1874年：参加巴黎首届"印象派"画展；该画派名称源自莫奈在其中展出的一幅画《印象·日出》（该作品现藏于巴黎马蒙丹美术馆）。

---

[1] 布丹（1824—1898），法国风景画家。
[2] 戎金（1819—1981），荷兰画家。

1878 年：次子米歇尔出生。莫奈一家与奥斯施德一家同住在维特耶镇的一所房子里。

1879 年：年仅 32 岁的卡米耶·莫奈于 9 月 5 日去世。

1880 年至 1886 年：居住在诺曼底海边，这几年间他一直在画画。

1883 年：与他的两个儿子、爱丽丝·奥斯施德（后于 1892 年结婚）以及她的六个孩子在吉维尼定居。

1886 年：先后到荷兰、海上贝尔岛采风、画画。

1888 年：回到法国南部地中海地区的昂蒂布·朱安雷宾，他曾于 1884 年到过这个地区写生（主要是到过博尔迪盖拉、芒通）。

1889 年：到克勒兹山谷画画，并在巴黎举办《莫奈—罗丹》展览。

1890 年：买下在吉维尼住的房子，并在花园里挖了个池塘，修建"水园"。

1890 年至 1892 年：完成《麦草垛》、《杨柳》两个系列绘画作品。

1892 年至 1895 年：完成《大教堂》系列绘画，

该系列绘画灵感源自鲁昂大教堂。

1899年至1901年：这几年间，每年都会到伦敦住一段时间，陆续画"泰晤士河"系列绘画。

1908年：开始画以威尼斯为题材的作品。

1911年：爱丽丝·莫奈于5月19日去世。

1914年至1926年：开始创作大型系列绘画《睡莲》（这些画作于1927年莫奈辞世后藏于巴黎橘园美术馆）。

1926年：于12月5日在吉维尼与世长辞。

书和参观地点

值得一读的书

《莫奈:捕捉光与色彩的瞬间》,西尔维·帕坦著,伽里玛出版社,《发现之旅》丛书;

《印象……印象派》,西尔维·帕坦著;

《克洛德·莫奈在吉维尼——各地游览与回忆》,克莱尔·若伊斯、古尔居夫·格拉德尼高著。

值得一去的地方

(巴黎)马蒙丹美术馆:内藏百余部莫奈的画作,其中有著名的《印象·日出》,还有一些素描、账本及其档案……

(吉维尼)位于画家旧居(包括花园)的克洛德·莫奈基金会(每年4月1日到11月1日对外开放),室内墙上挂着莫奈收集的日本版画。

(巴黎)奥赛美术馆:收有代表莫奈各阶段创作的近80幅画作。

(巴黎)橘园美术馆:由画家捐赠给法国的《睡莲》系列绘画。